REKI KAWAHARA abec bee-pee
SWORD ART ONLINE
unital ring
026
SWORD ART ONLINE

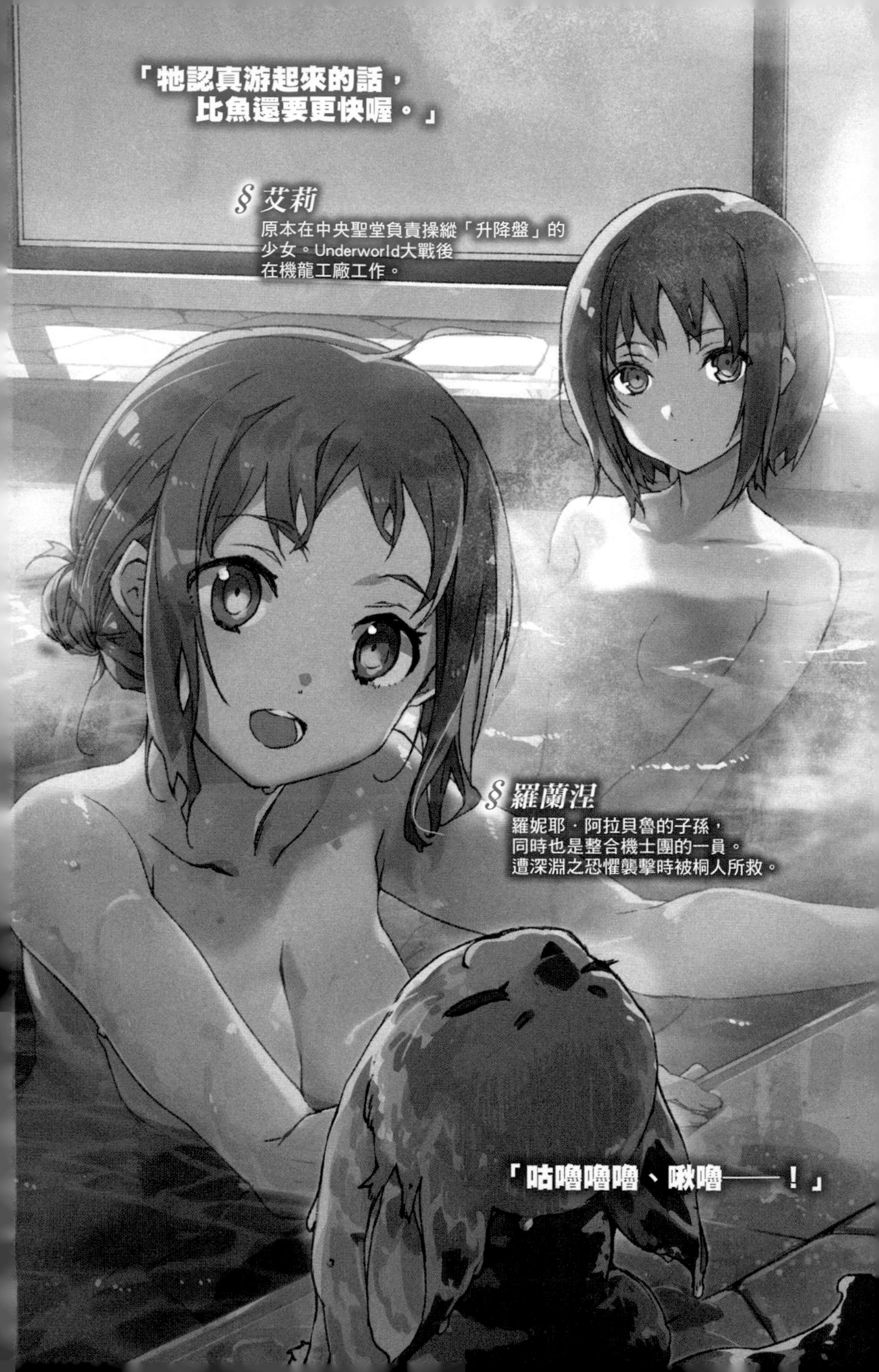
「牠認真游起來的話，
比魚還要更快喔。」
§艾莉
原本在中央聖堂負責操縱「升降盤」的
少女。Underworld大戰後
在機龍工廠工作。
§羅蘭涅
羅妮耶·阿拉貝魯的子孫，
同時也是整合機士團的一員。
遭深淵之恐懼襲擊時被桐人所救。
「咕嚕嚕嚕、啾嚕——！」

§愛麗絲
「Underworld」的整合騎士，
同時也是世界上第一個
真正的泛用人工智慧。
§亞絲娜
桐人的戀人。獲得
「創世神史提西亞」的力量，
現在仍以「星王妃」之名
流傳於後世。
「……那隻老鼠
會游泳耶……」
§絲緹卡
緹潔．休特里涅的子孫。
年僅十二歲就跟羅蘭涅
一起獲得星界統一
武術大會的優勝。

§ 伊斯達爾

俊美的他雖然給人冰冷的印象，
卻散發出讓人聯想到暗黑火焰的氣息，
是被稱為「閣下」的謎樣人物。

§桐人
主導「SAO」的攻略，為「Underworld」帶來和平的少年。在兩百年後的世界被稱為「星王」。
§耶歐萊茵
位居「Underworld」全軍頂點的整合機士團團長。與桐人一起前往伴星亞多米娜。
「放下槍和劍投降吧。你所做的事情明顯是對星界統一會議的反叛行為。」
「Enhance armament。」

CHARACTERS

亞絲娜

在「Underworld」被稱為「星王妃」，地位與星王桐人並列的少女。跟「SAO」時代相同，在「Unital ring」裡也是以細劍使的身分站在前線戰鬥。

桐人

過去引導終結「Underworld大戰」，被稱為「星王」的少年。在「Unital ring」裡跟伙伴一起建設拉斯納利歐，以完全攻略遊戲為目標。

UNITAL RING

桐人的伙伴們

詩乃

在「Unital ring」使用毛瑟槍的槍使。副武器是「獵戶座SL2」。

莉法

桐人的妹妹。以「剛力」能力構成與變種劍活躍於前衛。

結衣

桐人與亞絲娜的女兒。在「Unital ring」裡是以一名玩家的身分，用小劍與火魔法來戰鬥。

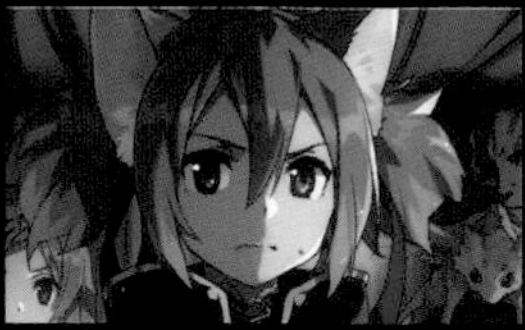

亞魯戈

過去以情報販子身分活躍於「SAO」的玩家。擅於活用敏捷度來完成斥侯的任務。

莉茲貝特

鐵匠兼鎚矛使。從「ALO」繼承打鐵技能，也負責製造伙伴的武器與防具。

西莉卡

短劍使。擅長馴服怪物，跟小龍畢娜與尖刺洞熊米夏等一起戰鬥。

克萊因

「ALO」裡雖然是刀使，繼承技能卻是「追蹤」。武器更換為彎刀，負起前衛的責任。

艾基爾

「ALO」裡是斧使兼商人。取得「頑強」的能力，以坦克的身分支撐著前線。

其他的玩家

摩庫立

「ALO」玩家。雖然蒙騙桐人並發動突襲，最後還是敗北。

海咪

「昆蟲國度」的玩家，在現實世界是艾基爾的妻子。

弗利司柯爾

原本是姆塔席娜軍隊的斥侯，被桐人他們逮捕。

UNDERWORLD

耶歐萊茵・哈連茲

年僅二十歲就擔任整合機士團團長的青年。眼睛、聲音跟桐人過世的好友一模一樣。

羅蘭涅・阿拉貝魯

羅妮耶的子孫。是整合機士藍薔薇中隊的王牌。十二歲就成功在星界統一武術大會獲得優勝。

絲緹卡・休特里涅

緹潔的子孫。跟羅蘭涅一樣是藍薔薇中隊的王牌。與羅蘭涅是好友兼競爭對手。

拉吉・克因特

整合機士團二級機士，隸屬洋蘭中隊。在耶歐萊茵的命令下，帶領桐人前往宇宙軍基地。

歐巴斯・哈連茲

初代整合騎士團長貝爾庫利的子孫，星界統一會議的現任議長。同時也是耶歐萊茵的義父。

波哈魯賽因

北聖托利亞衛士廳長官。原本因為使用心念武器的嫌疑而準備偵訊桐人。

費魯西・阿拉貝魯

羅蘭涅的弟弟，就讀北聖托利亞幼年學校初等部。因為無法發動祕奧義的現象而煩惱。

賽魯卡・滋貝魯庫

愛麗絲的妹妹。被施加Deep freeze術式而在中央聖堂第八十層陷入漫長的睡眠。

愛麗絲

跟桐人一起為「Underworld」帶來和平的騎士，目前「金木樨騎士」之名仍流傳於後世。在「Unital ring」是使用變種劍。

假想研究社

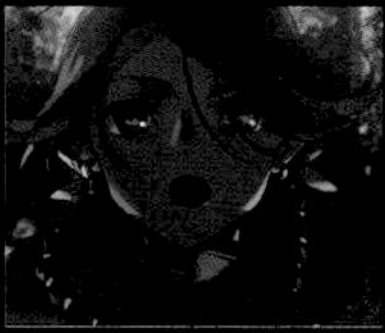

姆塔席娜

「假想研究社」會長。以「不祥者之絞輪」與百人軍隊作為武器來攻擊桐人。

碧歐拉

身穿黑衣的單手劍使。作為「假想研究社」的一員與桐人等人敵對。

黛雅

「假想研究社」的成員之一，外表與碧歐拉一模一樣。是能與桐人、亞絲娜一戰的強敵。

馬濟斯

穿著漆黑長袍的高挑暗魔法師。煽動摩庫立的謎樣人物。應該就是「老師」。

NPC

伊賽魯瑪

現在以拉斯納利歐為居住地的巴辛族族長。同時也是使用厚實彎刀的女戰士。

歸還者學校

神邑樒

轉學到歸還者學校的少女。誕生於RCT的競爭企業「CAMULA」創業者的家庭，試圖接近明日奈。

帆坂朋
〔亞魯戈〕

跟樒同時轉學到歸還者學校的少女。同時也是MMO Today的記者／調查員。

桐谷和人
〔桐人〕

高中二年級，跟亞絲娜是情侶。第一志願是東都工業大學。將來希望到RATH就職。

結城明日奈
〔亞絲娜〕

高中三年級，桐人的戀人。出生於父親是RCT前CEO，母親是大學教授的菁英家庭。

綾野珪子
〔西莉卡〕

就讀於歸還者學校的少女。透過VRMMO與桐人他們締結了強大的羈絆。

篠崎里香
〔莉茲貝特〕

跟明日奈一樣是高三生，在伙伴中是開心果般的存在。

其他

愛麗絲

根據「Alicization計畫」而以跟結衣完全相反的結構所誕生的真正Bottom-up型AI。

桐谷直葉
〔莉法〕

和人的妹妹，高中一年級的現在也持續著哥哥放棄的劍道。社團也是劍道社，目前擔任副社長。

朝田詩乃
〔詩乃〕

與和人就讀不同高中的高一生。過去曾被桐人救了一命。

壺井遼太郎
〔克萊因〕

就職於小規模進口公司的職員。和桐人等人是超越年齡藩籬的遊戲同伴。

安德魯．基爾博德．密魯茲
〔艾基爾〕

和人等人經常當成聚會地點的御徒町咖啡酒吧「Dicey Cafe」的店長。

茅場晶彥
〔希茲克利夫〕

一切的起源「Sword Art Online刀劍神域」的開發者，已去世。

RATH

菊岡誠二郎
〔克里斯海特〕

前總務省假想課的前二等陸佐。過去曾在RATH擔任「Alicization計畫」的指揮官。

神代凜子

RATH的現任負責人，也是參與Medicuboid開發的科學家。過去與茅場是情侶。

比嘉健

RATH的主任技師，進行著改良愛麗絲機械身軀的工作。茅場與凜子是大學時的學長姊。

SWORD ART ONLINE

「這雖然是遊戲，
但可不是鬧著玩的。」

──「SAO刀劍神域」設計者．茅場晶彥──

SWORD ART ONLINE
unital ring

REKI KAWAHARA

ABEC

BEE-PEE

026

1

「………賽魯卡！」

以滿溢出情感的聲音呼喚完這個名字，整合騎士愛麗絲．辛賽西斯．薩提就像一陣風般跑了起來。

戴著的藍色帽子輸給風壓而飛走，長長的辮子不停隨風翻飛。我迅速抓住那頂帽子，急忙追上愛麗絲。

同行的亞絲娜與整合機士團長耶歐萊茵．哈連茲、他的部下機士羅蘭涅．阿拉貝魯與絲緹卡．休特里涅也跟在正後方。愛麗絲短短幾秒就跑上平緩的綠色斜坡——設置在中央聖堂八十樓「雲上庭園」中央的人工山丘，在快到頂端的地方停下腳步。

平坦的頂端有一棵古老的闊葉樹往外開枝散葉。雖然沒有開花，但我直覺那是一棵金木樨樹。

很久很久以前——主觀時間是兩年前，Underworld時間是兩百年前跟尤吉歐一起踏入這個第八十層時，山丘上就有一棵金木樨樹存在了。但那不是真正的樹，是整合騎士愛麗絲的神器「金木樨之劍」為了吸收神聖力所改變的模樣。

那把劍現在為了打開「雲上庭園」的大門而插在解鎖裝置內。所以眼前長在山丘上的金木樨樹應該是異界戰爭後重新種植上去的真正樹木……但現在更重要的是……

「賽魯卡。」

再次發出極細微聲音的愛麗絲，踩著僵硬的腳步進入樹蔭底下。

她前進的方向，有一名少女像是被金木樨樹守護著一樣跪坐在樹下。

少女頭上披著白色頭紗，身穿同色的祭衣。閉上眼睛的臉與放置在大腿上的手都跟雪花石膏一樣白。那是感覺不到生氣的冰冷質感。但以石像來說造型又太過精緻了。那是真正的人類受到石化——亦即Deep freeze術式的結果。

我認得少女的臉龐也知道她的姓名。雖然模樣比記憶中成長了一些，但她絕對是愛麗絲的妹妹賽魯卡．滋貝魯庫不會錯了。

原本賽魯卡應該在人界最北方的盧利特村擔任實習修女，雖然不清楚為什麼會在中央聖堂遭到石化凍結的詳細經過，但大約兩個月前在ＲＡＴＨ六本木分公司從漫長昏睡當中醒過來的我，好像對當時在現場的愛麗絲這麼宣告。

——妳的妹妹賽魯卡選擇了處於Deep freeze狀態來等待妳回去。現在依然在中央聖堂第八十層那座山丘上沉睡著。

我沒有賽魯卡被凍結在這裡時的記憶，也不記得曾經跟愛麗絲宣告過這件事，但愛麗絲、亞絲娜跟我就憑著這句話回到Underworld，在耶歐萊茵等人的幫助下，好不容易才來到這個地方。

穿著機士團藍色制服的愛麗絲，在沉睡的賽魯卡面前跪下後，靜靜地用自己的手觸碰妹妹的雙手。但是石化凍結完全沒有因此而解凍的模樣。

「賽魯卡…………」

亞絲娜也跪到擠出細微聲音的愛麗絲旁邊，把手放到她顫抖的背上。我也想盡快將賽魯卡恢復成原來的模樣，但是解除Deep freeze應該需要專門的術式。我當然不知道這個術式，應該說大概只有公理教會的元老長裘迪魯金與最高司祭亞多米尼史特蕾達知道吧。

為了尋求線索而移動視線，就看到左右兩邊距離大約一公尺處的地方，有兩名女性像是要守護賽魯卡般站在那裡。

從質感來看，似乎同樣遭到石化凍結。兩者都穿著長及地面的長袍，雙手放在插於地面的長劍柄頭。身上雖然沒有裝備鎧甲，但長袍的圍裙部分繡著懷念的十字圓紋章，所以一定是騎士吧。年齡大概是二十五六歲左右嗎……當我看出這些情報的時候。

「咦？」

從我口中發出喘息般的聲音。

仔細凝視右邊女性的臉龐，再緊盯著左邊女性的臉龐不放，接著再度望著右邊的女性。

雖然外表的年齡跟我的記憶完全不同，但從這樣的容貌與氛圍來看，她們說不定是——

我宛若被彈開一樣回過頭，看向有所顧忌般站在遠方的機士團長與兩名機士，然後對他們招手。

「那……那個……絲緹卡和羅蘭涅，妳們能來一下嗎？」

兩個人雖然同時眨了眨眼，不過立刻異口同聲地表示「好的！」。

讓率先爬上斜坡的絲緹卡站到左邊的女性騎士旁邊。接著讓羅蘭涅站到右邊的女性騎士旁邊，然後仔細地比對。

好像。絲緹卡她們再年長個十歲的話，長相就跟這兩個騎士一模一樣了吧。然後絲緹卡與羅蘭涅又跟七代之前的祖先極為相似。

如此一來——這就表示，這兩名女性騎士……

「不會是……羅妮耶還有緹潔吧……？」

最先對我茫然呢喃的發言有所反應的是兩名少女機士。

「咦咦！」

「不會吧！」

尖聲這麼叫完，就以單腳為主軸迅速轉身，往上看著比自己高一些的騎士。

下一刻，跪在賽魯卡前面的愛麗絲與亞絲娜也迅速轉頭。首先看了一下我的臉後才站起身子，愛麗絲凝視左邊，亞絲娜則凝視右邊的騎士。

一會兒後，亞絲娜把雙手按在嘴角，同時以沙啞的聲音表示：

「真……真的是羅妮耶小姐。這邊是緹潔小姐……但是為什麼……」

我也同樣有難以置信的心情。因為我原本一直認為羅妮耶與緹潔在異界戰爭後就結婚生子，然後將孩子培育成偉大的騎士，度過數十年幸福的人生後才回到LightCube Cluster。不過兩個人好幾代後的子孫羅蘭涅與絲緹卡就在眼前，所以生下孩子是絕對不會錯了。

但之後的事情就完全不清楚了。也可能生產後年紀輕輕就遭到石化凍結。但那樣的話，兩個人就是選擇了跟剛出生的小孩子永別，實在不認為那麼溫柔的兩個人會強迫自己的骨肉面對那樣的命運。

如此一來，羅妮耶與緹潔就不是自願在這裡遭到石化嘍？這樣的話，兩百年前究竟發生了什麼事……？

當我一邊因為兩人的搖光尚未消滅感到高興，一邊抱持著同等巨大的疑問而說不出話來呆立在現場時，愛麗絲突然走向我，緊緊抓住我的左肩。

「桐人，你的心念沒辦法解除賽魯卡、羅妮耶和緹潔的石化嗎？」

「咦……咦咦！」

不由得一瞬間感到啞然，然後才認真思考起可能性。但是——

「……我不會說絕對不可能……但可以的話還是希望用正確的術式來解除。把雨緣跟瀧剞變回蛋時，單純只要想著時間倒轉就可以了。但我不知道要把受到Deep freeze術式的人復原該想些什麼才好。隨便使用心念，要是出現沒有成功解除的部分……」

當我說到這裡時，愛麗絲就用離開肩膀的手擋住我的嘴。

「我知道了，不用再說下去……但是，我也不知道解除Deep freeze的術式……」

黯然如此宣告的愛麗絲把手從我的嘴上移開，接著看向低調站在後方的年輕機士團長。

「耶歐萊茵，你知道嗎？」

答案果然不出我所料。

「真的很抱歉。我只是曾經在文獻裡看到過Deep freeze術式……今天還是首次見到實際遭到凍結的人。」

「……這樣啊……」

愛麗絲伏下睫毛，亞絲娜則再把右手放到她背上。

「別擔心啦，愛麗絲。桐人不是說了賽魯卡小姐在這裡等待愛麗絲嗎？沒有解除石化的方法，他就不會這麼說了。」

雖然很想點頭表示「一點都沒錯」，但相關場景的記憶一丁點都沒有留下。假如對愛麗絲這麼說的是那個叫什麼星王的，那麼應該在現場準備解除石化的捲軸或者藥物之類的東西吧。

真是的，星王那個傢伙……在內心反覆著不知道是第幾遍的抱怨，同時我也走向愛麗絲。

「愛麗絲，我們先往前看看吧。上面的樓層說不定準備了解除石化的術式或者道具。」

「…………說得也是。」

點頭的愛麗絲彎腰再次輕輕摸了一下賽魯卡的頭，然後將視線集中在金木樨樹的後方。

從山丘另一邊走下去的前方，聳立著一座跟背後那扇一模一樣的大門。它的後面應該有通往第八十一層的樓梯，但不知道為什麼沒什麼印象。稍微思考了一下後就知道理由了。

我跟尤吉歐在前往最高司祭亞多米尼史特蕾達所居住的聖堂最上層時，在這座雲上庭園與整合騎士愛麗絲發生戰鬥。在愛麗絲流麗的劍技攻擊下，我們瞬間就被逼到牆邊，雖然在那個時候發動起死回生的武裝完全支配術，但威力失控將中央聖堂的外牆開了一個大洞，我跟愛麗絲也從那裡被轟飛到外面去。

好不容易說服掙扎並且喊著「放手，我寧願掉下去」的騎士大人，從外牆爬回塔裡面，不過現在回想起來，在第八十層的別離，嚴格說起來就是我跟尤吉歐漫長旅途的終點了。

如果那個時候我沒掉下去……或者三個人一起掉下去的話，說不定……

我甩開剎那間的想像，對著眾人說道：

「我去回收解鎖裝置的劍，稍等我一下。」

「桐人大人，像這種雜務就由我們……」

我以右手打斷話說到這裡的絲緹卡。

「在現實世界，讓女孩子拿狗屎重的東西是等同違反禁忌目錄的重罪喔。」

雖然試著開了不習慣的玩笑，但絲緹卡與羅蘭涅只是不停眨著眼睛。而且亞絲娜還一臉嚴肅地進行追擊。

「在女孩子面前說狗……也是重罪喔，桐人。」

「失……失禮了。」

正當我縮起脖子，為了從山丘跑回去而踏出一步時。

「喀嘰！」的沉重金屬聲響徹整座密閉的庭院。

是進入這裡時也聽過的解鎖聲。但我低頭看著的大門依然是敞開狀態。這就表示——

以最高速度回頭的同時，愛麗絲就低聲叫著：

「桐人，裡面的大門！」

急忙衝刺到金木樨樹前面，從樹幹的陰影底下低頭看著庭園的南側。平緩斜坡的正下方，架在小河上的橋前方那扇大門正緩緩地打開。

有動靜的只有從我們這邊看來是左側的門。雖說門後方應該不是什麼龐大的集團，但目前我、亞絲娜跟愛麗絲手邊都沒有劍。就算緊要關頭可以用心念力把劍從解鎖裝置抽出來一路拉到手邊，但恐怕會有遭到北聖托利亞衛士廳的心念計檢測出來的危險。

如果是不妙的對手就立刻逃走。

我這麼對自己說，同時瞪著慢慢打開的門縫。

最後門完全靜止。它並非整個打開，縫隙的寬度不到五十公分。從那裡從容走進來的是身高跟絲緹卡她們差不多，年紀看起來也相仿的——女孩子。

切齊肩膀上方的頭髮，有著鳥類羽毛般形狀的髮夾。穩重的藍色洋裝上加著純白圍裙，雙手提著的應該是籐籃吧。身上沒有攜帶武器。

少女略為低著頭前進了幾步，結果後方有一個茶色塊狀物迅速跑了過來。因為耳朵很長，原本以為是兔子，但體型較接近老鼠，全長大約有三十公分。

一人一獸在從大門延伸過來的路上走著，走過小橋後離開從該處分為左右兩條的道路開始筆直爬上山丘。幾秒鐘後，先是兔鼠注意到在頂端的我們，於是發出尖銳的「啾嚕！」叫聲。

聽見叫聲的少女抬起頭，輕輕歪了一下脖子後整個瞪大雙眼。

突然開始一直線跑上山丘。腳數次被草絆到，每次也都因此而失去平衡，我終於忍不住想要大叫「不用跑沒關係！」，但目前似乎也不是適合這麼做的狀況。幸好少女沒有跌倒就抵達山丘頂端，調整了一下呼吸之後，面向金木樨樹下的我、亞絲娜以及愛麗絲。

這時我才終於發現自己曾經見過這名少女。

這名少女被稱為「升降員」，在亞多米尼史特蕾達統治的時代，獨自運行著我們剛才使用過的升降盤。但是真的可能有這種事嗎？我跟尤吉歐與她相遇時，她就表示過已經持續同樣的工作長達一百七十年了，現在又經過兩百年的歲月。合計超過三百年以上……根據推測，「靈魂的壽命」大約是一百五十年，三百年可是長達兩倍的漫長時間。

「那個……妳……」

當我準備開口詢問「真的是那個升降員本人嗎」的時候。

少女就在整個瞪大深藍色眼睛的情況下，以跟我記憶中完全相同的那種缺乏抑揚頓挫的聲音說道：

「桐人大人……愛麗絲大人……亞絲娜大人。」

眼睛角落累積著小小水滴。水滴微微震動並且輕輕滴落，最後被圍裙吸收。

但少女之後就沒有表露更多的感情，把籐籃放在腳邊後將雙手放到身前併攏，然後深深低下頭來。

「歡迎回來。」

沉靜但帶著深厚感情的聲音，跟兔鼠「啾嚕嚕！」的叫聲重疊在一起。

2

茶色小動物的正式種名是「長耳濕鼠」，名字好像是叫做「納茲」。

納茲這時候坐在羅蘭涅的大腿上，津津有味地咬著胡桃般的樹果。在升降員準備的墊子上圍成圓圈坐下後，老鼠在眾人面前轉了一圈才選擇羅蘭涅究竟是不是偶然呢……我一邊這麼想，一邊啜著剛泡好的咖啡爾茶。

不可思議的是，升降員除了從籃子裡取出能夠讓十個人輕鬆坐下的墊子之外，還拿出了八個杯子。簡直就像知道我們今天會出現在這個地方一樣，如果是這樣的話，為什麼看見我跟亞絲娜、愛麗絲後眼角還會泛淚呢？

雖然有許多想問的事情，不過升降員在我們的杯子內倒入咖啡爾茶後就站起來，到賽魯卡、羅妮耶與緹潔的地方去了。她以束起不可思議毛色的大型刷子仔細地把三個石化人像上的塵埃掃掉。

現在想起來，被放在樹下長達兩百年的話，不可能只是累積塵埃就算了。賽魯卡她們之所以沒有被藤蔓與青苔覆蓋，應該是升降員定期來清掃的關係吧……不過，兩百年真的太久了。

「我……」

雙手包住咖啡爾茶茶杯的亞絲娜，邊看著站在稍遠處工作的升降員邊呢喃著：

「雖然只有跟那個女孩子打過幾次招呼的記憶，但不知道為什麼卻有很懷念的感覺。」

說完就移動視線，把手伸向仰躺在旁邊羅蘭涅大腿上的納茲，輕輕撫摸起牠的脖子附近。

「而且這孩子也……」

老實說，我也被跟亞絲娜完全相同的感慨襲擊。我甚至還覺得升降員應該有其他的名字。

「……愛麗絲也認識那個女孩子吧？」

我一這麼問，騎士就輕點了一下頭。

「嗯，住在中央聖堂時，隔幾天就要搭乘一次她的升降盤，向她道謝時經常會給她一些零食。不過……氛圍跟我印象中的升降員有點不一樣了。」

「唔……耶歐萊茵呢？」

剛如此呼叫的瞬間，以端正姿勢在我面前跪坐的機士團長就迅速抬起低下的頭。

在遮住上半部臉龐的白色皮革面具底下，綠色眼睛眨了好幾次之後——

「抱歉……我沒仔細聽。」

「不會啦，我才不應該突然提問。那麼耶歐萊茵認識那個女孩子嗎？」

「不，怎麼可能呢。」

很乾脆地搖了搖頭後，就脫下戴著的騎士團帽子放在腿上。從並排於牆壁上部的窗戶照射下來的日光，讓他的亞麻色捲髮閃閃發亮。

「我甚至不知道中央聖堂的封印樓層還有活人居住。說起來……她是如何入手水和食物的呢？」

「……聽你這麼一說……」

就算有大量的存糧，經過兩百年的話水與食材的天命應該都耗盡了。但這種事情在我腦袋裡各種累積起來的問題當中其實優先度根本排不上前幾名。

以咖啡爾茶按耐焦燥的心情等待了十分鐘，完成工作的升降員回來之後，就跪坐在墊子邊緣並且說道：

「各位，要不要再來杯咖啡爾茶呢？」

在我回答「不用了」之前，絲緹卡就舉起左手。

「啊，那我再來一杯！這種咖啡爾茶真的很好喝！」

「喂，絲緹。妳太厚臉皮了。」

羅蘭涅立刻出聲指責，絲緹卡則是咧嘴笑著表示：

「嘴裡這麼說，但羅蘭也是剛喝一口就露出『爆好喝！』的表情啊。」

「等……我才不會那樣說話哩！」

聽見兩人高速的爭執，感覺升降員的嘴角似乎出現一閃即逝的淡淡微笑。

但是笑容瞬間消失，她再次以冷靜的聲音說道：

「這種咖啡爾茶是經過星王妃大人不斷改良品種後完成的『夕暮月』。就我所知，全地底世界只有這個地方有栽培。」

「這個地方指的是雲上庭園嗎？」

絲緹卡環視著周圍並這麼問道，結果升降員輕輕搖了搖頭。

「不，是第九十五層。」

「……『曉星望樓』……」

這麼呢喃的是愛麗絲。我也記得這個樓層名。在總共有一百層樓的中央聖堂裡，那裡是唯一沒有外牆的樓層。沒有那個地方的話，從這一層掉落的愛麗絲跟我就無法回到塔裡面了。

但是就我來說，升降員所說的「星王妃大人不斷改良品種」比第九十五層的事情更令人在意。我稍微瞄了亞絲娜一眼，但是她本人完全沒有抱持著疑惑的模樣，只是喝了一口咖啡爾茶並且對升降員露出微笑。

「真的很好喝。『夕暮月』這個名字也很優美。」

「……星王妃大人表示名稱是來自現實世界很久以前創作出來的短歌。」

她倒是很自然就說出「短歌」這個詞了呢，我才剛感到不可思議，亞絲娜就點頭回答：

「我就在想會不會是這樣……桐人啊。」

「什……什麼事？」

「看來只能承認了。」

「承……承認什麼？」

「我是星王妃，然後桐人是星王這件事。」

「…………」

回過神來才發現不只有耶歐萊茵、絲緹卡與羅蘭涅，連愛麗絲與升降員都一臉認真地盯著我看。唯一看起來沒有興趣的就只有躺在羅蘭涅腿上的納茲。

「……順便問一下，為什麼剛才的對話會讓妳這麼認為……？」

還想繼續掙扎的我如此問完，亞絲娜就稍微挺起背桿開口吟出：

「夕暮月夜兮　天曉黯淡晨曦間　朝影之所如　吾身不覺化稀薄　所以唯因思汝故。」

所有人發出「哦哦」的聲音並且拍手，亞絲娜就以有點害羞的模樣繼續說道：

「這雖然收錄在萬葉集第十一卷裡，不過是首創作者不明而且不怎麼有名的和歌。但是我很喜歡，從以前就一直記在腦袋裡頭。」

「……也就是說，除了亞絲娜以外，很難有人以那首短歌的初句來當咖啡爾茶的品種名嗎……」

依序看了一下用力點頭的亞絲娜與仔細聆聽的其他人後，我便開口說：

「知道了，我承認吧。直到三十年前都還治理著Underworld的星王，好像就是我。」

下一個瞬間，絲緹卡與羅蘭涅便露出燦爛笑容，耶歐萊茵就像是要表示「終於肯承認了嗎」一般聳了聳肩。但是——

「……話先說在前面，就算承認也不代表我跟亞絲娜的記憶已經恢復了。所以說，那個……」

我看向升降員並且詢問：

「……抱歉，除了升降員外，妳應該有其他的名字吧……？」

結果少女簡直就像預測到我會問這個問題一樣端正坐姿，接著報上姓名。

「是的。我的名字叫做艾莉。」

下一刻，感覺耶歐萊茵的肩膀似乎震動了一下。但他什麼都沒有說，所以我把視線移回少女的臉上，呢喃著對方剛才告訴我的名字。

「艾莉……」

明明是記憶裡沒有的名字，卻給人只有這個選項的熟悉感。在嘴裡重複了一遍之後，我再次開口詢問：

「妳為什麼會在這裡？為什麼不像賽魯卡她們一樣被凍結起來呢……？」

「那是因為我希望能夠這樣。」

艾莉立刻這麼回答，接著稍微喝了一口咖啡爾茶才靜靜地訴說起來。

——人界統一會議直屬神聖術師團的第二代團長賽魯卡・滋貝魯庫大人與整合騎士緹潔・休特里涅・薩提茲大人以及同樣是整合騎士的羅妮耶・阿拉貝魯・薩提斯里大人是在人界曆四百四十一年……統一會議發足六十年後的時候在此進入漫長的睡眠。

那一年決定解散歷史悠久的整合騎士團，然後新設改變一個字的整合機士團。諸位騎士可以選擇移籍到新的機士團、辭任過自由的生活，或者在自己的意志下接受Deep freeze術式。

但是率先希望受到石化凍結的不是騎士而是術師團長賽魯卡大人。原本花費數十年時間解析、復活Deep freeze術式的就是初代術師團長阿優哈・芙莉亞大人以及之後繼承她位子的賽魯卡大人，所以星王大人與星王妃大人也只能認可。然後羅妮耶大人與緹潔大人也表示小孩子都已長大成人，賽魯卡大人獨自長眠實在太寂寞了，所以才會三個人一起接受凍結。

諸位騎士大人裡面有人移籍到機士團，也有人選擇新的生活方式，不過最多的還是希望受到凍結。過了一段時間，人界曆四百七十五年時，陪伴在兩位陛下身邊最久的法那提歐大人進入長眠……再過三年後星王大人與星王妃大人也把所有權限移交給人界統一會議然後退位。

接下來的事情，那邊的諸位機士大人應該也清楚吧。人界曆四百八十年，人界統一會議改名為星界統一會議，人界曆也改為星界曆。同一年，中央聖堂八十樓以上受到完全封印，除了兩位陛下跟我還有納茲之外就沒有人可以進入。

星王大人與星王妃接下來就過著安穩的日子，最後兩個人也進入長眠……星界曆五百五十年，在我眼前被光包圍並且消失了。我遵照囑咐，將兩位陛下離開地底世界以及星王大人留下來的遺囑傳達給星界統一會議知道，之後的三十年就一直守著這個地方。一切全是為了將來主人回到這裡的時候。

「……愛麗絲大人、亞絲娜大人、桐人大人。再次說聲……歡迎回來。」

用這句話為漫長的說明做出總結後，艾莉把雙手疊到跪坐著的大腿上，然後深深低下頭。

亞絲娜突然間迅速起身。繞過放在墊子中央幫咖啡爾茶茶壺加熱用的火架子，然後在艾莉面前雙膝著地。接著趁勢伸出雙手，用力把少女纖細的身體抱入懷中。

「抱歉……真的很抱歉，艾莉小姐。妳一定很寂寞吧……獨自在這裡守了三十年……」

我拚命壓抑下想跟亞絲娜做出同樣動作的衝動，同時準備在內心深處咒罵給艾莉如此嚴苛任務的星王，也就是過去的自己。但是在我開罵之前——

「別這麼說，亞絲娜大人。我剛才也說過了……一切全是我強烈這麼要求。」

艾莉靜靜把手放到亞絲娜背上，同時以平穩的聲音這麼回答。

「兩位陛下也對我說可以在聖堂內喜歡的地點長眠，但這樣將無法對應緊急事態，最重要的是當桐人大人、亞絲娜大人以及愛麗絲大人回歸時，就沒有人可以迎接你們了。」

「哪需要什麼迎接……！」

面對似乎還想說些什麼的亞絲娜，艾莉溫柔地把她的雙肩推回去。

「亞絲娜大人。我能夠替亞絲娜大人與桐人大人服務真的非常非常幸福。二位實現了我的夢想……所以留下來守護這裡本來就是我應該做的事，絕對不會感到寂寞。因為還有羅妮耶大人交給我的納茲一直陪著我啊。」

從艾莉的嘴裡說出名字的瞬間，原本在羅蘭涅大腿上打瞌睡的納茲就抬起臉發出「啾嚕嚕」的叫聲。

那像是要表示「一點都沒錯」的叫聲，讓絲緹卡她們發出輕笑。這時亞絲娜似乎也冷靜下來，只見她輕輕點頭後就放開繞過艾莉背後的雙手。但是沒有回到我身邊，直接貼在艾莉左側坐了下來。

在空氣稍微放鬆了一些的時間點——

保持著沉默的耶歐萊茵就以有些緊張的聲音問道：

「抱歉，我想請問一下。您不會是……整合騎士團第一機龍工廠的初代工廠長艾莉・托魯姆大人吧……？」

我稍微花了一點時間才意會到他指的是工廠。

機龍工廠應該是指製造羅蘭涅他們乘坐的戰鬥機的工廠吧。艾莉是那裡的初代工廠長？托魯姆是她的姓氏嗎？

而且現在想起來，艾莉兩百年前應該跟尤吉歐交談過。雖然戴著面具，但是看見臉龐、頭髮以及聲音都跟尤吉歐極為相似的耶歐萊茵，也跟愛麗絲不一樣沒有做出任何反應，說起來這也算是頗為不可思議的一件事。

吞了一大口口水等待著，艾莉就浮現有些靦腆的表情並且點了點頭。

「確實負責過這個工作……但我只是把師父交給我的事情傳達給工廠的大家知道而已。請叫我艾莉就可以了。」

「真是折煞小人……祖父曾經說過，沒有托魯姆大人的話，量產型機龍配備的開發將會晚三十年。」

耶歐萊茵的話像是讓艾莉將遙遠的過去重新映照在眼簾裡一樣，只見她緩緩眨了眨眼……

「那是很久、很久以前的事情了。」

然後只回答這麼一句話。

雖然想知道艾莉跟耶歐萊茵談話後有什麼感覺，也想知道耶歐萊茵的祖父，也就是星界統一會議現任議長歐巴斯・哈連茲的父親是什麼樣的人，但什麼問題都提出來的話太陽就要下山了。現在Underworld的時間沒有加速，所以像現在這樣談話的期間，現實世界的時針也是以同樣的速度轉動。

那邊的十月三日星期六雖然學校放假，但是RATH的神代凜子博士已經嚴格地命令我們最晚下午五點一定得登出。不久之前響起了上午十一點半的鐘聲，所以還剩下五個小時又三十分鐘的時間。在那之前究竟能不能夠解決耶歐萊茵請求幫忙的艱難任務——也就是移動到伴星亞多米娜，找出想要謀殺絲緹卡與羅蘭涅的人呢？

由於目前已經知道賽魯卡、羅妮耶與緹潔凍結在這裡的理由，還有艾莉照顧她們三個人的理由，所以我便為了讓話題進行下去而開口表示：

「那個……艾莉，要再次為妳幫忙完成如此艱難的工作向妳道謝。我沒有身為星王時的記憶確實讓人焦躁，而且也對妳很不好意思，但是能夠像這樣再次相見，我真的很開心。」

「我也一樣，桐人大人。」

我維持坐姿，朝露出些許微笑的艾莉靠近幾公分，然後宣告回歸的目的。

「然後呢，我想妳已經知道了……我們回到Underworld的目的，就是為了讓愛麗絲的妹妹賽魯卡醒過來。當然還有緹潔與羅妮耶。妳知道讓她們醒過來的方法嗎？」

「我知道。」

艾莉點頭的瞬間，愛麗絲就像放下心來一樣鬆了一口氣，但是馬上就正色詢問：

「艾莉小姐，那麼方法是？是術式嗎……？」

「是的。只不過……傳達這件事真的很讓人過意不去，但阿優哈大人與賽魯卡大人把復原的Deep freeze術式所有內容加上嚴重的封印，保存在這裡之外的其他地方。」

「這裡之外，就表示是在聖堂外面……也就是聖托利亞的某處嗎？」

「不是。不是人界、黑暗界或者兩者之外的寬廣外大陸。『封印箱』是隱藏在伴星亞多米娜。」

3

幫艾莉收拾好墊子與茶具等物品後，我們先跟賽魯卡她們告別，前往中央聖堂的最上層。

當然回收了四把一直插在解鎖裝置上的劍，但是把劍拔出的瞬間大門就開始動起來，我因此急忙衝進庭園，大門也在背後完全關上。試著輕輕推了一下，但是根本紋風不動，所以只能相信回去時艾莉會告訴我們從內側開門的方法了。

南側的大門沒有上鎖，穿過門後是鋪著熟悉紅色地毯的大階梯。在艾莉前導下不斷爬著過去尤吉歐獨自衝上去的階梯，來到第九十層時愛麗絲就停下腳步。

「艾莉小姐……這一層的浴場現在怎麼樣了呢？」

聽見這個問題後，我也想了起來。中央聖堂的第九十層確實整個樓層都是一座巨大的浴室。但是出現在梯廳前方的大門目前是緊閉狀態，完全看不見內部的模樣。

「仍然存在喔，愛麗絲大人。」

艾莉以理所當然般的態度如此回答完後就開始說明。

「最高司祭大人施加在大浴場的法術仍然有效，所以熱水不論經過幾百年都還是相當乾淨。只不過，星王大人改裝過內部，現在分為女性用與男性用兩個區域。另外為了能夠直接從升降洞進入浴場，北側也設置了出入口，不過現在那邊封鎖住了。」

「咦，浴室嗎！」

「這麼高的地方還有浴場嗎？」

發出聲音的是絲緹卡與羅蘭涅。亞絲娜有些自傲般表示：

「那真的很棒，浴槽寬到能在裡面游泳，四周的牆壁都是玻璃，不要說聖托利亞的街道了，晴天時就連盡頭山脈都看得見呢。」

「咦，亞絲娜，妳記得這裡的浴室嗎？」

我忍不住這麼問道，結果過去的星王妃就以有些傻眼的表情點了點頭。

「當然有啊。異界戰爭結束，跟羅妮耶小姐她們一起回到中央聖堂之後，我每天都去兩次。桐人老是說『之後再去』就是了。」

「啊……」

聽她這麼一說，就覺得好像真有這麼回事。但是當時跟法那提歐以及迪索爾巴德一起準備跟黑暗界的和睦交涉而忙得不可開交，根本沒有多餘的時間好好地泡澡。

我一直認為不只是羅妮耶與緹潔，一起經歷過異界戰爭的——話雖如此，但我在快到最後決戰之前都處於心神喪失狀態——整合騎士已經沒有人存活了。但是如果真如艾莉所說的「許多騎士都希望被凍結」的話，只要入手Deep freeze的解凍術式，就能再次跟法那提歐等人見面了。

但問題果然還是過去賢者卡迪娜爾所說的「靈魂的壽命」。如果它是騎士們進入長眠的理由之一，那就不能隨便讓他們醒過來。雖然艾莉遠遠超過這個極限而持續活著（看起來似乎如此）的理由依然成謎，但是關於這一點，實在讓人很猶豫是不是能夠直接詢問。

當我茫然望著大浴場的門並且這麼沉思時——

「桐人，我了解你想使用大浴場的心情，但現在不是這種時候吧。」

愛麗絲從右側這麼表示……

「就是說啊，桐人。得快點到亞多米娜去取回封印箱才行。那之後再泡澡就可以了吧。」

亞絲娜則是從左邊這麼說道。

「嗯……嗯，繼續前進吧。」

即使如此回答，內心還是忍不住要呢喃「想泡澡的是妳們吧」。

從大階梯再往上爬了五層樓後，從前方照射下白色光芒。

被羅蘭涅抱著的納茲發出「啾嗚！」的叫聲並且從懷裡跳出來，靈活地跑上足有自己身高一半的階梯。我們則小跑步追了上去。

這時能看見的不是跟之前一樣的樓梯平台，而是三方設有扶手的開口部。跟在納茲還有兩名機士後面衝出去的我，因為刺眼光芒而一瞬間瞇起的眼睛立刻茫然地瞪大。

中央聖堂第九十五層，「曉星望樓」。

兩百年前，跟愛麗絲合作從外牆往上爬，在氣喘吁吁的情況下所抵達的地點。但是當時通透的外圍部現在種植了各種樹木填滿空間，發揮出遮蔽的功效。

樹木遮蔽的是坐鎮於樓層中央的純白飛機。

是一架機龍。

「嗚……哇啊啊啊…………」

絲緹卡發出長長的嘆息聲，從後面追上來的耶歐萊茵也同樣說不出話來。

應該每天都見到機龍的騎士們如此驚訝的理由，首先應該是它巨大的程度吧。全長達樓層的一半，大概是二十五公尺左右。我記得絲緹卡她們的機龍大約是十五公尺，所以是大了兩圈左右。

然後機體跟機士團鋼鐵外殼整個露出的機龍不同，是由略帶透明感的純白素材所製成。同色的座艙罩是細長型，雙翼跟機體比起來算相當短。機尾與機翼的接縫處共有三個熱素的噴出口。

之所以如此巨大還沒有鈍重的感覺，應該是因為外型極其流麗的關係吧。看來是完全捨棄戰鬥力，只強化高速長距離飛行能力的機體。

我退後幾步，站到耶歐萊茵身邊小聲地問道：

「這就是……你所說的星王的機龍嗎？」

「……雖然是初次看見，但我可以斷言這就是了。你看一下那邊。」

機士團長所指的是從我們這邊能看見的機龍右側面，座艙罩往下一點的地方。凝眼一看之下，上面以銀色英文字母，不對是神聖文字鑲嵌著「X'rphan XIII」。雖然是奇妙的文字列，但是唸出「澤法」後立刻就了解了。因為那拼法與艾恩葛朗特第五十五層練功區魔王白龍的專有名稱一模一樣。

「那就是澤法十三型嗎……」

我剛這麼呢喃，站在往前一點處的艾莉就轉過頭來輕輕點頭。

「是的，這是星王大人打造的最後一架機龍。雖然是在距今剛好一百年前推出，但是仍保持完好的狀態。」

「那架機龍……也是艾莉幫忙維護的嗎？」

「是的。話雖如此，其實只是偶爾用水素清洗表面，然後稍微噴出一些密封罐內的永久熱素與永久風素而已。」

「但是……真的什麼事情都麻煩妳耶……不知道該怎麼道謝才好……」

即使了解言詞根本無法報答艾莉如此的付出，我還是拚命地尋找著應該說的話，下一個瞬間。

「請看那個。」

如此說道的少女，所指的是距離機龍遙遠的樓層角落，可以看到該處放置了一個不可思議的物體。

那是一個直徑一・五公尺左右的金屬製圓盤。本體的厚度不到十公分，下部附加了兩個燃料槽般的長筒，外圍部並排著幾個朝著斜下方的小小噴嘴。上部設置了一圈扶手，看起來是可以載人，但完全不清楚是用來做什麼的道具……

突然感覺耳朵深處響起亡友來自遠方的聲音。

——如果教會消失，妳也從這份天職裡被解放出來的話，妳有什麼打算呢……？

艾莉——升降員回答這個問題的聲音表示：

——如果指的是想做的事情……

——我想用這台升降盤……自由地飛翔在那片天空當中……

「那是……能在空中自由飛翔的升降盤……？」

我的聲音讓艾莉深深點頭。

「是的。我稱它為飛翔盤。因為沒有翅膀，所以在能夠穩定飛行之前經過無數次的實驗與修改，但桐人大人完全沒有放棄。您說這是自己與尤吉歐大人跟我訂下的約定……」

「…………這樣啊。」

雖然自己覺得是很冷漠的回答，但是又沒辦法多說些什麼。因為那麼做的話，眼淚似乎就要滲出來了。

當我在心中對著仍無法覺得是自己的星王呼喊「很有一套嘛」的時候。

我才終於注意到艾莉剛才所說的那段話裡面，包含了我至今為止一直無法在耶歐萊茵・哈連茲面前說出的好友姓名。

我屏住呼吸，同時靜靜把視線移向右邊。

結果耶歐萊茵遲了一會兒後也看向這邊。在鑲嵌於面具內的玻璃底下，他直接眨了兩三下眼睛。

「……怎麼了，桐人先生？」

如此詢問的聲音，聽起來似乎比平常茫然了一些，但也有完全沒變的感覺。表情似乎跟平常一樣很冷靜，但是看起來好像也有點心不在焉。

要是一直盯著臉看的話，或許就能察覺耶歐萊茵對尤吉歐的名字表現出何種反應，但現在已經太慢了。話雖如此，我也沒有突如其來就讓他再聽一次名字的勇氣。

「……不，沒什麼。」

稍微搖搖頭後，我再次看向艾莉。

「剛才在第八十層說的幫忙實現夢想，就是指那個飛翔盤嗎？」

「是的，但不只有這樣。」

艾莉右手的指尖放在圍裙胸口，然後繼續說道：

「桐人大人與亞絲娜大人……應該說不只有兩位，還有諸位整合騎士大人、人界統一會議的眾人以及薩多雷師父，大家教會原本認定操縱升降盤是活著唯一理由的我許多喜悅與快樂，還有悲傷與寂寞。雖然大部分記憶與感情受到壓縮，要花時間才能想起來……即使如此，依然經常讓我的胸口感到溫暖。所以留守真的一點都不辛苦。」

我對如此說完就露出微笑的艾莉慢慢點了點頭。

「這樣啊……嗯，說得也是……」

在自己也沒有注意到的情況下舉起右手，用力按住心臟正上方。

——回憶就在這裡。

——永遠在這裡。

再次把這句話刻畫在心裡後，我再度環視第九十五層。

遮蔽的樹木群把樓層的四方圍得沒有絲毫縫隙。也因此來自外面的視線——其實根本沒有與中央聖堂一樣高的建築物就是了——幾乎完全受到屏蔽，但是這樣也沒有可以讓機龍飛離的出口了。

「那個……艾莉，機龍要起飛的時候難道得把樹砍掉才行嗎？」

我這個問題讓過去的升降員露出些許傻眼的表情，接著表示：

「不需要這麼做。種植樹木的盆子可以移動。」

「啊，對喔。原來如此。」

這樣的話，就只剩下兩件擔心的事了。

「那架機龍可以飛到伴星亞多米娜吧？」

「當然了。」

「可以坐幾個人？」

「兩個人。」

「…………這樣啊。」

再次這麼回答後，我就依序看著站在周圍的人。

在整合機士團長耶歐萊茵·哈連茲的請求下，跟他一起移動到伴星亞多米娜，調查那裡發生了什麼事情。這樣的話搭乘機龍的兩個人裡面一定有一個是耶歐萊茵，然後另外一個人應該就是我了吧。雖然不清楚調查任務得花幾個小時，但只能請亞絲娜與愛麗絲在這裡等待了。

就在這麼想的我準備開口之前。

「耶歐萊茵閣下，我們也駕駛機龍前往！」

羅蘭涅如此宣言，絲緹卡也不輸給她直接大叫：

「亞多米娜的非官方調查如此危險的任務，怎麼可以在沒有任何護衛的情況下前往呢！」

「咦……咦咦？」

當我忍不住發出慌張的聲音時，機士團長就舉起雙手。

「等等，本來就是因為無法駕駛機士團的機龍，才會大費周章來到這裡的吧……」

「理由的話，像是戰鬥訓練或者新裝備的測試之類的，要多少就有多少！」

羅蘭涅依然不放棄。臉龐雖然與祖先極為相似，但是性格跟羅妮耶比起來似乎有點……不對，是相當衝動。

根據艾莉剛才的說明，羅妮耶與緹潔都很年輕就生下孩子，在確實養育孩子長大成人之後，將近八十歲時才接受石化凍結。但是在雲上庭園長眠的兩個人，怎麼看都不像超過二十五六歲的模樣。也就是說，兩個人在那個年紀左右就接受了天命凍結術式，但那應該跟Deep freeze術式一樣是只有最高司祭亞多米尼史特蕾達才知道的祕術。

當我想著這些事情，同時茫然聽著進攻的絲緹卡她們與防守的耶歐萊茵的對話時……

「絲緹卡大人、羅蘭涅大人……」

不知道是不是我想太多，感覺稍微露出覺得有趣般表情的艾莉插話進來這麼說道。

「很可惜的是，現在機士團配備的基尼斯七型，在氣圈外只能發揮出澤法十三型的一半速度。想要伴隨的話，桐人大人與耶歐萊茵大人的移動時間將會大幅增加。」

「「一半？」」

絲緹卡她們以完美重疊的聲音這麼大叫。

我也跟她們一樣驚訝。原本以為原型機與特製機體性能高於制式機只是動畫與遊戲內才會出現的情形，但是那個孩子氣的星王似乎又顛覆了這樣的常識。被指出性能上絕對的差異，機士們似乎也只能同意，也就沒有再堅持下去了。鬆了一口氣的我靠近亞絲娜與愛麗絲，小聲對她們搭話。

「……嗯，事情就是這樣，亞多米娜就由我跟耶歐萊茵……」

下一個瞬間，兩個人就狠狠瞪了我一眼，我忍不住後退半步。

「桐人，記得『開車救走人』喔。」

「……那……那是什麼啊？」

對亞絲娜的話皺起眉頭後，愛麗絲便流暢地列舉出來。

「不隨便跟陌生人離開、不搭可疑的車、大聲呼救、立刻逃走、通知大人。」

——我是小孩嗎！

我忍下想這麼大叫的衝動，開口回答：

「知……知道了，我會注意。我想這裡應該很安全，但妳們也要小心點……」

「不必擔心。」

愛麗絲以斬釘截鐵的口氣如此說道，接著往前一步抓住我的右手。

「桐人，萬事拜託了。無論如何都需要收藏了Deep freeze術式的『封印箱』。」

「我知道。我一定會拿到手的。」

我輕拍了一下愛麗絲的手，也對亞絲娜點點頭。

耶歐萊茵與兩名機士的對話也在同一時間結束。我抬頭看著橫跨樓層中央的巨大機龍，在內心呢喃著。

——拜託你了，澤法。為了讓愛麗絲與賽魯卡再次相見，也為了讓羅妮耶與緹潔復活，請助我一臂之力吧。

由於機體狀態相當完美，所以出發的準備只花了十分鐘。

換上機士服的耶歐萊茵坐在前座，我坐到後座。關上座艙罩，繫上安全帶並且做出ＯＫ的訊號後，艾莉就按下隱藏在階梯附近的按鈕。

結果並排在機龍正面的植樹就開始連同巨大的大理石箱型花盆往左右橫移。不到十秒鐘就出現空間足夠的開口，其後方是一整片湛藍的天空。

「那我們出發嘍，桐人先生。」

「隨時都可以。」

回答耶歐萊茵的聲音之後，機體後部就傳出「咻嗚嗚嗯」的尖銳振動音。這時我才終於有了沒有跑道究竟如何離陸這種初步的疑問，不過澤法十三型似乎具備垂直升降的能力。巨大機體輕輕浮起五十公分，然後直接往前方滑行。

「隱形裝置，啟動。」

耶歐萊茵邊這麼說邊壓下把手開關，這次換成發出「嗶嘰嗶嘰……」的聲音。透過座艙罩所能看見的白色機體，不知道用什麼方法逐漸變得透明。這樣的話，就算聖托利亞的居民抬頭看向天空也無法發現澤法吧。

最後再次轉動脖子，看向排在階梯前方的艾莉、納茲、絲緹卡、羅蘭涅、愛麗絲以及亞絲娜。兩名機士敬著禮，愛麗絲行令人懷念的騎士禮，艾莉與亞絲娜則是揮著右手。

對眾人豎起左手拇指後，我就朝前座呢喃：

「耶歐萊茵啊，那句慣用句可以讓我來說嗎？」

「啥？什麼慣用句？」

「就是這個啊。」

輕輕乾咳了一聲後——

「澤法十三型，啟航！」

安帥地這麼大叫，遲了一會兒後振動聲就稍微變大了一些。跟我所期待的發出轟然巨響發射出去的場景不同，巨大機龍簡直就像高級汽車般平順，且全程保持禮儀地滑向藍天。

離開高塔五十公尺左右，就維持水平姿勢往上升。眼下聖托利亞的市街迅速遠去，城市周圍的一大片農地與牧草地映入眼簾。

上升速度固定下來之後，耶歐萊茵就感到很抱歉般說道：

「雖然你元氣十足地喊著啟航，但到高度三千公尺左右大概都是這樣喔。因為全力運轉主機關將會發出巨大的聲音。」

「這……這樣啊。上升到三千梅爾大概要幾分鐘？」

「嗯，大概十分鐘吧。」

「哦……順便問一下，到達伴星亞多米娜呢？」

這個問題讓機士團長的藍色頭盔往右傾斜。

「嗯……艾莉大人說這架澤法十三型的速度是基尼斯七型的兩倍，如果是真的，那全速飛行大概要一個半小時吧……」

「一個半小時……」

重複了一遍後，我就在頭盔底下全力皺起眉頭。

耶歐萊茵在基地附近的宅邸裡，說過連結卡爾迪娜與亞多米娜的大型旅客機的飛行時間單程是六個小時。那麼制式戰鬥機基尼斯七型是三小時，而客製特殊機體的澤法十三型只需一半的飛行時間並非什麼不可思議的事。

但是說起來，六個小時不會太快了一點嗎？現實世界裡各國競相發射的火星探測機，利用巨大火箭單程就得花上八個月。我當然不認為Underworld的宇宙被製造成跟現實世界相同的規格，但六個小時就能抵達的話，感覺就比現實世界的地球與月球還要近。如果在這樣的距離下有同樣尺寸的行星，往上看時應該會整個掩蓋人界的夜空才對。

「那個……耶歐萊茵先生。」

「什麼事？」

「雖然現在問好像有點太遲了，不過卡爾迪娜與亞多米娜有多少公里……多少基洛爾呢？」

「大概五十萬基洛爾喔。」

「五十萬……」

雖然比現實世界的月球還要遠，但是跟最接近時的火星比起來還是近了一百倍以上。

「那麼從卡爾迪娜應該可以很清楚地看見亞多米娜吧。」

「啥？當然能看得見啦。」

以至今為止最高等級的傻眼聲音這麼說完後，耶歐萊茵就把臉往上仰。

「應該說，這個時間的話……」

透過座艙罩移動著視線，最後將右手筆直朝向前方。

「看那邊。」

伸長脖子朝耶歐萊茵所指的方向看去，發現地平線附近浮著一顆白色星星。我眨了眨眼睛後重新在位子上坐好。

「等等，那是月……露那利亞吧。」

「那是以前的稱呼了。」

「咦……」

好一陣子說不出話來後，我就抓住前座的椅背想要探出身子，但是卻被安全帶拉回去。結果我還是把臉往前伸到極限，大叫著：

「等一下，露那利亞就是亞多米娜嗎？去看了之後才發現不是小小的衛星而是巨大的行星嗎？」

「嗯，說小是很小啦。亞多米娜的直徑大約是卡爾迪娜的一半。所以卡爾迪娜才是『主星』，亞多米娜是『伴星』。」

「真……真的假的……」

「順帶一提，歷史上首次駕駛機龍抵達露那利亞的也是星王陛下。」

「真的假的……」

再次如此嘆息之後，我就再次往上看著浮在那裡的月……不對，是行星。跟從地球上所看的月球比起來角直徑確實是有一倍左右，但沒想到竟然不是衛星……當我想到這裡就又發現新的問題。

「等等，但是中央聖堂一樓的星界統一會議紋章……那正中央的大圓是索魯斯，其右上的點是卡爾迪娜，然後左下的點是亞多米娜對吧？如果是兩顆行星夾著索魯斯在同樣軌道上不停運行的話，從亞多米娜可以看見卡爾迪娜不是很奇怪嗎？」

我比手畫腳丟出的這個問題，得到耶歐萊茵直截了當的回答。

「那是以構思為優先的設計。實際上亞多米娜與卡爾迪娜是並排在公轉軌道上極為接近的地方。卡爾迪娜在前亞多米娜在後，所以才會中午時能在東邊的天空看見，日落時在最高處，凌晨沉沒在西邊的天空。」

「呃……」

我把自己的右拳與左拳當成卡爾迪娜與亞多米娜，試著模擬兩顆行星與太陽的關係。

「啊……噢……原來如此，所以從人界看到的月亮才會一個晚上就經歷月圓月缺嗎……」

「現實世界不是這樣嗎？」

「嗯。那邊的話，月亮是繞著地球……這邊來說是卡爾迪娜的周圍轉動，所以月圓月缺大概得花上一個月的時間。」

「哦……有機會真想看一看。」

我沒辦法馬上回答耶歐萊茵完全是隨口說出的這個話語。

收納Underworld森羅萬象的Main Visualizer與保存所有居民靈魂的LightCube Cluster，在現實世界都放在Ocean Turtle裡面，而Ocean Turtle則被封鎖在八丈島海岸的海洋上。現在仍以核子反應爐供應電力，但政府一旦決定停止運轉，這個世界的時間就會停止，萬一做出初始化或者銷毀的決定，那麼包含居民在內的一切就會消失得無影無蹤。

只有這是無論如何都得阻止的事情。話雖如此，只是一介高中生的我，對於這件事是完全施不上力。能夠做的就只有祈禱菊岡誠二郎二佐與神代凜子博士的Underworld保全活動能夠奏效……

等等，不對。我在菊岡的委託下潛行到Underworld，是為了找出某個一星期前從The seed連結體入侵這個世界的人究竟是誰以及其目的。如果那個傢伙企圖進行某種妨礙或者破壞活動，就絕對得加以阻止才行。

重新下定這個決心的我開口說道：

「一定會讓你看到的。」

「我很期待。」

像是完全不在意我晚了一會兒才回答般如此回應後，耶歐萊茵又改變口氣繼續表示：

「抵達高度三千公尺。後座，確認固定器具。」

我急忙確認安全帶的鬆緊，然後回答：

「確……確認了。」

「主機關開始噴射，倒數五秒。四、三……」

我聽著耶歐萊茵的倒數，同時看向座艙罩外面。不知不覺間機體已經抵達超越碎片雲的高度，不要說盡頭山脈了，連遙遠彼方的一整片黑暗領域都能依稀看見。

「……二、一，噴射。」

至今為止維持低調音量的運轉聲，變成宛如重型機車引擎全開般的尖銳喊叫。背部被壓在椅背上，機體開始猛烈震動。感覺不是空阻而是引擎內永久熱素的咆哮直接傳達到身體。以前乘坐絲緹卡她們的機龍時就覺得速度驚人，不過跟這架澤法內含的動力感比起來完全是小巫見大巫。

「喂……喂，這真的沒問題嗎？」

忍不住如此叫喚後，耶歐萊茵也以隱藏不住興奮感的聲音回答：

「這……這可能有點不太妙！」

「那就降低速度……」

「但是距離全速還很遙遠喔！」

引擎輸出的動力隨著聲音提升了一個檔次。浮在前方的雲瞬間往身後飛去。

ALfheim Online是以自己的身體在空中飛翔，原本以為在堅固裝甲保護下的機龍裡應該不會覺得恐怖，但這樣的加速完全脫離常軌了。拚命壓抑下以心念力來踩煞車的念頭，只是專心瞪著前方。

突然間，我注意到天空的顏色變得相當濃。似乎不知不覺間已經從水平飛行進入上升路線了。人界外側的一大片黑暗界是被遠比盡頭山脈還要高的「終結之壁」包圍，我過去曾經聽說包含飛龍在內的所有生物都無法越過那面牆壁，但機龍卻無視這種系統的限制只是不斷地往上攀升。

最後前進的方向開始出現一些閃爍的星星。隨著天空的顏色從紫藍色變成深藍色，星星的數量也不斷地增加。澤法明明還是以超脫常軌的速度飛行，機體的振動卻逐漸變小。

「……順利脫離氣圈。」

運轉聲隨著耶歐萊茵的聲音沉靜了下來。我試著抬起右手，不過幾乎感覺不到行星的重力。也就是說，這裡已經是——

「……是宇宙了嗎？」

我一這麼說，眼前的頭盔就上下晃動了一下。

「是啊。哎呀，真不愧是傳說中的機體……剛才的加速也只是稍微超過主機關動力的一半而已。」

「還是不要全速前進比較好喲。」

如此回應之後，我就看向頭頂。漆黑空間的彼方，太陽（索魯斯）正發出刺眼的光芒。

雖然已經對自己說過好幾次，不過還是要再強調一遍Underworld的宇宙不是真空。應該說虛擬世界本來就不存在任何氧氣與氮氣。吹拂過肌膚的風與進出肺部的空氣都只是系統給予的感覺。所以就算現在在這裡打開座艙罩，也只會變得極度寒冷而不會窒息而死。

即使腦袋了解這一點，果然還是會有原始的恐懼感。或者是因為在Unital ring世界被魔女姆塔席娜的窒息魔法折磨到死去活來的緣故。

吞下快要在喉嚨深處復甦的阻塞感後，我對耶歐萊茵問道：

「這樣已經朝亞多米娜前進了嗎？」

「嗯。只不過並非最短路線就是了。」

「為什麼？」

「使用標準航線的話，有可能會被定期航班或者其他的宇宙軍機發現。我們前往亞多米娜是沒有通報過行政府跟星界統一會議的極機密任務啊。」

「噢，對喔……」

耶歐萊茵的目的是找出針對整合機士團進行破壞工作的原因。而我的目的是尋找入侵Underworld的現實世界人民究竟是何身分，以及回收收藏Deep freeze術式的「封印箱」。兩者都絕對不是什麼簡單的工作。抵達現地後不能再胡思亂想，必須集中精神在任務上才行。

對自己這麼說完後，耶歐萊茵就像感覺到我的緊張般開口表示：

「發生這麼多事應該累了吧。抵達亞多米娜還需要一個小時以上，你把椅子放倒睡一覺吧。」

這種貼心的發言與溫柔的聲音實在太像亡友，讓我忍不住握緊雙手。深呼吸後好不容易才放鬆身體的力道，用手摸索著座椅的調節手把，一邊拉下一邊回答：

「……謝謝。那抱歉，我就先睡了。」

「嗯，發生什麼事的話會叫醒你。晚安，桐人先生。」

——晚安。

在心底深處如此呢喃後我就閉上眼睛。

4

透過往上看著天空遙遠的彼方，銀色的光正無聲地遠去。

不知道那裡有什麼的話絕對不會注意到的小小亮光，混在棉花雲群裡面消失無蹤，目送光點離開後亞絲娜靜靜呼出一口氣。

同樣在旁邊看著天空的愛麗絲則小聲地呢喃：

「……離開了呢。」

「走掉了。」

亞絲娜一這麼回應完，愛麗絲就像在祈禱般一瞬間閉上眼睛，然後赤裸的身體沉進透明的熱水當中。

十分鐘前，從「曉星望樓」目送白銀機龍飛離的亞絲娜等人，在艾莉的提議下趕往在下方五層的大浴場。理由是因為並排在望樓外圍的樹木會擋住視線而看不見機龍，另外也感覺艾莉似乎看透了亞絲娜與愛麗絲想要泡澡的心情。

不過實際上從靠近頂樓的大浴場窗戶確實能夠看見一望無際的藍天。垂直上升的機龍不知道用了什麼樣的機關而幾乎透明化，稍微花了一番功夫才找到，不過就連星王專用機也無法隱藏白色噴射光。託噴射光的福才得以順利目送機龍飛向宇宙的模樣，但說不定聖托利亞的居民當中也有兩三個人注意到了……亞絲娜邊這麼想邊把肩膀以下浸到熱水裡。

下一刻，就從嘴裡發出「哈啊…………」的嘆息聲。

委身於連腦袋中央都感到麻痹的舒適感後，就有種遙遠過去也曾經有過這種經驗的感覺。不對——那不只是感覺。那是在攻略艾恩葛朗特第七層時發生的事情，之後已經過了將近四年。在成為連續任務舞台的巨大賭場所併設的飯店裡，自己也跟桐人分別行動，在沒有這座大浴場那麼誇張，但還是很豪華的浴室裡泡澡。那時候一起的還有情報販子亞魯戈、身為賭場管理者的ＮＰＣ少女以及同樣是ＮＰＣ的黑暗精靈騎士。自己當成姊姊般仰慕的騎士幫亞絲娜搓背，但她卻不像個ＮＰＣ，對著亞絲娜的背部惡作劇……

突然間，苦澀的痛楚從背部竄向胸口，亞絲娜頓時屏住呼吸。於是強行終止記憶，把意識集中在包裹身體的熱水感觸上。

最後疼痛感慢慢地溶化。那樣的日子已經不會回來，也絕不可能再次見到黑暗精靈騎士與其他ＮＰＣ了。但是他們拚命活著的艾恩葛朗特變成名為The seed連結體的大樹搖籃，在最高處的樹梢所開出的花朵正是這個Underworld。

一切全都連結起來並且流走。大樹的枝葉在Unital ring的名稱下再次成綑並且合而為一。就好像卡巴拉思想所謂的生命樹那樣。

艾恩葛朗特的拼音突然浮現在腦海裡。

Ａｉｎｃａｒｄ。據桐人所說，茅場晶彥在事件之前似乎曾表示這是將「具現化世界（An INCarnating RADius）」這個詞簡略化後的名稱。

但是生命樹似乎是從希伯來語的「無」——Ａｉｎ裡誕生。切除這個部分的話就剩下ｃｒａｄ。雖然不知道希伯來語裡面是不是有這個單字，但英文的話會聯想到的是ｃｒａｄｌｅ……搖籃。

無的搖籃。

等等，卡巴拉思想確實是從無誕生出無限，然後從無限……

曖昧的記憶在此中斷，亞絲娜輕呼出一口氣。試圖推測茅場晶彥的思考是毫無意義的事。想創造出真正異世界這個宿願牽連了一萬名人類，即使當中有四千人死亡，依然滿不在乎地扮演血盟騎士團長希茲克利夫的男人，自己怎麼可能能夠理解他的內心世界呢。

但還是打從心底感嘆他所開發的完全潛行技術，以及由其發展出的Soul Translation技術。

至今為止，在現實世界就不用說了，連在ＶＲＭＭＯ遊戲裡也有數不清的入浴經驗，但是甚至有種Underworld的泡澡更勝過現實世界的感覺。液體的波動與皮膚感覺沒有任何不對勁就算了，簡直就像靈魂整個被熱水包裹起來一樣，給人壓倒性新鮮且舒服的體驗。

當然，ＲＡＴＨ開發的Soul Translator（STL）是可以讀取人類靈魂的機器，所以會有這種感覺也不是什麼不可思議的事，跟以前——現實世界裡是兩個月前，星界曆是兩百多年前使用這座大浴場時比起來，感覺的解析度似乎又提升了一級。

——習慣這座浴場的話，家裡的浴室可能會滿足不了我。

當亞絲娜想著這些事情並且全身放鬆時。

「喂，妳在做什麼啊，絲緹？」

這樣的聲音與「啪嚓」的巨大水聲重疊在一起。

一看之下，紅髮少女正以標準的自由式在巨大浴槽的另一邊游泳。浴槽的長度是四十公尺，寬也有二十公尺以上，所以可以了解她想游泳的心情……正當亞絲娜這麼想時，再次傳出水聲。

剛剛才罵過絲緹卡的羅蘭涅，從通道的中途跳進浴槽裡。她也用無可挑剔的姿勢迅速追上搭檔，然後稍微領先。下一個瞬間，絲緹卡也加快速度，機士們就這樣互相競爭並且往左側遠去。

「……我以前也在這座大浴場練習過游泳。當然是沒有其他人的時候。」

由於身邊的愛麗絲如此呢喃，亞絲娜也邊發出輕笑邊回答：

「我還是小孩子的時候，雖然是在水療館……就是現實世界的大型公眾浴場，不過我也在那裡游泳過喔。當時被媽媽狠狠罵了一頓。」

這時亞絲娜才終於想起愛麗絲生活在盧利特村的雙親應該已經過世。但是在她道歉之前，愛麗絲已經搶先一步表示：

「請不用在意，我本來就沒有兒時記憶了……只要能夠跟賽魯卡重逢，我就沒有其他的奢望了。」

亞絲娜在熱水中動著左手，找到愛麗絲的右手後用力握住。

「桐人一定會找到解除石化的術式。」

「嗯，我相信他。只不過……」

稍微猶豫了一下後，愛麗絲才有點像是自問自答般繼續說道：

「桐人，不對，星王他為什麼要把術式封印在亞多米娜呢？如果是為了安全，應該沒有比中央聖堂上層更安全的地方了吧。」

「……這倒是真的……」

邊點頭邊看著水面的亞絲娜，其視線前方——

茶色毛球發出啪嚓啪嚓的小小水聲緩緩從右邊游到左邊。原來是艾莉的寵物納茲。愛麗絲也感到啞然般呢喃了一句：

「……那隻老鼠會游泳耶……」

「長耳濕鼠原本是住在央都北側的廣大濕地裡。」

如此回答的是從納茲後面走過來的艾莉。她有些害羞般把雙臂重疊在身體前方，同時追加了說明。

「牠的手腳上都有蹼，認真游起來的話，比魚還要更快喔。」

「這……這樣啊……」

像是聽見這樣的對話般，納茲噗通一聲沉到水裡。好不容易才能看見的影子，以猛烈的速度遠去。

往前方看去，看見從水槽左端折返的絲緹卡與羅妮耶依然並排著競爭當中。納茲從兩人身後折返，隨即從水裡輕鬆超越她們直接游到右端。在抵達終點前跳出水面，一落在大理石通道上就轉過身子很驕傲地——

「咕嚕嚕嚕、啾嚕——！」

發出這樣的叫聲。即使是不會說老鼠語的亞絲娜都瞬間理解牠說的是「我贏了！」。

不知道什麼時候放棄游下去的絲緹卡與羅蘭涅，以洩氣的表情往上看著誇耀勝利的納茲，最後兩個人就一起拍起手來。納茲更加得意地後仰著身體，結果咕咚一聲往後倒了下去。

「……呵……呵呵呵……」

愛麗絲像是忍俊不住般開始發笑，亞絲娜也跟在後面笑了起來。遲了一會兒後，艾莉也發出輕笑聲。

搖動熱水笑著的亞絲娜，在內心強烈地想著。

一定得保護這個世界才行。正如神代博士在一個月前的記者會裡所預言的那樣，在現實世界人與Underworld人能夠同樣以人類身分交流的時代來臨前，不能讓任何人破壞這個地方。

這是被賦予「創世神史提西亞」力量的我應負的責任——她這麼想著。

5

十月三日星期六，上午十點。

拉斯納利歐西區的巴辛族居住地裡，最初的嬰兒誕生了。

這個時候西莉卡正在北區的廄舍裡餵寵物們飼料。Unital ring事件發生後很快已經過了六天，回過神來才發現寵物逐漸變成尖刺洞熊米夏、背琉璃暗豹小黑、長喙大鬣蜥阿蜥、鈍色長尾鷲小鉛以及西莉卡的搭檔畢娜等龐大的成員。

幸好除了畢娜之外的四隻動物都是雜食與肉食，所以都很高興地吃著仍然像山一樣多的The Life Harvester的肉，簡稱哈貝肉，有好一陣子都不用擔心飼料不足。從道具欄取出肉來依序餵食米夏、阿蜥、小黑，然後也給新加入的小鉛飽餐一頓，順便撫摸牠脖子下方柔軟羽毛時，莉茲貝特就衝到廄舍裡面。

「西莉卡，生……生了！生了喔！」

「什……什麼生了？」

「嬰兒！嬰兒啊！」

「莉……莉茲小姐的嗎！」

「怎麼可能是我的！真是的，妳來就對了！」

經過這樣的對話後就被強行拉過去巴辛族的大型帳篷，西莉卡在裡面跟女族長伊賽魯瑪所抱的嬰兒照面。

被毛毯緊緊裹住的嬰兒，光滑、圓潤的皮膚讓人覺得沒有比他更適合粉妝玉琢這種常見的成語，西莉卡看見的瞬間就忍不住發出「哇……！」一聲。

嬰兒在跟艾基爾同樣強壯的伊賽魯瑪手臂當中像是極為安心般睡著了，凝視著一陣子這樣的嬰兒之後，西莉卡才抬起視線問道：

「這是伊賽魯瑪的孩子嗎？」

結果族長露出些許苦笑並且回答：

「我看起來像是瑪樓了嗎？這是斯波爾的妻子，卡雅多蕾的孩子喔。卡雅多蕾在那邊休息呢。」

「瑪……瑪樓？那是什麼意思？」

「肚子裡有孩子的意思。」

「原……原來如此。瑪樓……瑪樓……」

重複好幾遍剛學會的單字，最後伊賽魯瑪就像感到滿意般點了點頭，眼前隨即浮現【巴辛族語技能的熟練度上升為16】的訊息視窗。

Unital ring的世界裡，巴辛族、帕特魯族以及歐魯尼特族等先住民族各自擁有獨特的語言，對應的會話技能熟練度為0的話，就只能聽見以記號表現的詭異且奇怪的聲音。

但是耐著性子豎起耳朵聽著對話，就能偶爾聽見能以片假名表記的單字。在NPC面前不斷重複那個單字，當對方認為你能正確發音時，就有機會提升會話技能的熟練度。熟練度到達10時，就會不時聽見對話裡出現日文——可以說是相當複雜的構造。

但是根據超級AI結衣表示，熟練度0時聽到的謎樣聲音，其實是日語加上了好幾種濾波器，所以才會無法聽清楚。結衣自行分析那些濾波器並加以解除，初次見面時就能使用幾乎完美的巴辛族語。雖然是有點土法煉鋼，但沒有結衣的這種能力的話，西莉卡、莉茲貝特與桐人他們就無法會合，很可能第一天晚上就從這個世界退場了。

現在想起來，能夠像這樣迎接巴辛族來到這個城鎮並且生下嬰兒真的是很棒的一件事……當因為這樣的感慨而感動時，伊賽魯瑪就以沉穩的聲音說道：

「西莉卡，妳要抱抱看嗎？」

「咦……可……可以嗎？」

「那是當然了。巴辛族有被許多勇者抱過的嬰兒將會強壯又健康的傳說。而妳就是了不起的勇者。」

「沒有啦，我稱不上什麼勇者……」

才剛縮起脖子，旁邊的莉茲貝特就用力拍打西莉卡的背部。

「妳在謙虛什麼啊！我剛才也抱過了，真的……真的……」

把像是喪失語言能力只會一直拍打背部的莉茲貝特推開後，西莉卡就畏畏縮縮地伸出雙手。接著伊賽魯瑪就把嬰兒包巾連同嬰兒一起遞給她。

好重。

不，單純看質量的話，在建設城鎮時搬到厭世的木材與石材當然重多了。但是包含嬰兒甘甜味道與柔軟度、溫度的綜合重量，在西莉卡的手臂上傳來足以令人屏住呼吸的存在感。

或許是不喜歡抱的姿勢吧，原本睡著的嬰兒微微繃起臉，發出了不滿的聲音。當浮現「快哭了……」的想法時，坐在西莉卡右肩的畢娜就伸長脖子用頭摩擦著嬰兒的臉頰。嬰兒似乎喜歡這種感觸，只見他不再鬧脾氣，再次陷入深沉的睡眠當中。

「……這個孩子取名字了嗎？」

西莉卡剛小聲地這麼問，伊賽魯瑪就立刻點頭表示：

「嗯，叫做芽耶爾。」

「芽耶爾……好乖哦，小芽……」

西莉卡溫柔地搖著嬰兒並且思考著。

將來我也會有抱著自己小孩的一天嗎？

又想著如果有就太好了。但是又不覺得那樣的自己能夠跟現在的自己直接連結起來。將來某個時候，如果不選擇離開這個舒適的地方，和某個人談戀愛、結婚並且共築家庭……這樣的未來就不會出現吧。

——珪子，妳真的有問題耶。

——被捲入那樣的事件，在床上躺了整整兩年，竟然還在玩ＶＲ遊戲，妳真的是瘋了。

上上個星期，偶然相遇的小學時期的朋友對自己說的話再次在耳朵深處響起。

虛擬世界以及在那裡孕育的羈絆，對西莉卡來說是相當重要的東西。她認為同伴們一定也跟自己有同樣的想法。但那說不定是結束漫長痛苦旅程的獸群聚集在安全地點休息般的行為。為了療癒在Sword Art Online刀劍神域這個嚴酷世界所受之傷的精神避難所。

如果是這樣，伙伴們總有一天會從這裡離開，開始走上只屬於自己的道路。實際上，身為歸還者學校三年級學生的亞絲娜與莉茲貝特在四個月後就要參加學測了。雖然沒有聽說過兩個人將來想走哪條路，但是她們登入的頻率已經降低許多，升學後還會不會跟現在一樣一起玩遊戲也說不得準。

所以某方面來說，這個Unital ring事件可能是所有伙伴團結一致戰鬥的最後機會了。抵達「極光指示之地」，解開一切謎題回到ＡＬＯ的話……不論是否願意，現在的生活可能都得暫時告一段落了。

這是沒辦法的事。光陰不待人，西莉卡她們也逐漸長大了。不論多麼快樂的時間都終有一天會結束。

就算是這樣——不對，正因為這樣。

西莉卡靜靜地抱緊睡在懷中的嬰兒。如果Unital ring事件的解決就等同於這個世界的消滅，那麼活在這裡的人們——巴辛族、帕特魯族以及剛出生的芽耶爾也都會跟著消失。像這樣締結信賴關係的現在，實在很難去接受這樣的未來。

六天前，在點綴夜空的巨大極光底下，西莉卡確實聽見了。

——最先抵達極光指示之地者將能獲得一切。

雖然「獲得一切」的意思仍未明朗，但以異變的規模來看實在不認為單純只是道具或者能力值。如果是管理者權限那樣的東西，整個世界或許有點困難，但至少有機會可以拯救眾NPC。

最後再次深深吸了一口嬰兒身上的奶味後，西莉卡就抬起頭來。

「伊賽魯瑪小姐，謝謝妳讓我抱嬰兒。」

「我才應該道謝。」

如此回應之後，族長就單手輕鬆接過西莉卡遞過去的嬰兒。

走出帳篷的瞬間，西莉卡跟莉茲貝特一起發出「呼〜〜」的嘆息聲。

「嬰兒真的好可愛……」

「的確很可愛……」

「還說夢話了呢……」

「是說了……」

西莉卡看向不斷重複自己發言的莉茲貝特，發現她整張臉看起就像快要融化了一樣。雖然能夠理解她的心情，但可不能只感到喜悅。現在繼帕特魯族之後巴辛族也有嬰兒出生了，那就必須更加強化拉斯納利歐的防禦才行。

說起來，前天深夜擊退最大敵對勢力的姆塔席娜軍之後，至少ALO組裡面應該就沒有想破壞或者占領這個地方的集團了。事實上，昨天傍晚左右，把拉斯納利歐作為攻略中繼地點來訪的玩家就開始增加，目前作為商業地帶的南區經常有四五十人規模的客人而顯得十分熱鬧。

令人驚訝的是，巴辛族與帕特魯族也開始跟玩家做生意了。雖然帕特魯族賣的只是以居住地內田地所採集到的蔬菜與豆類作為材料的簡樸料理與乾糧，不過巴辛族就推出了由動物毛皮製造的防具、加工獸牙、石頭製成飾品的攤販，或許是因為異國風情的外表吧，在玩家之間得到相當不錯的評價。

目前算是拉斯納利歐營運負責人的桐人——因為以前可是被稱為「桐人鎮」——表明了不會跟NPC收取房租的方針，不過設定在南區經營旅館與商店的前昆蟲國度組與前姆塔席娜軍的玩家將自動扣除營業額的五％，要是巴辛族的生意越做越大的話，感覺就會開始出現不滿的聲音。

雖然覺得像這方面的規則，在城鎮開始正式發展前就應該確實地討論清楚比較好，但重要人物桐人以及像是副隊長的亞絲娜、愛麗絲到今天傍晚前都不在。希望三個人不在的期間不要發生什麼麻煩……西莉卡這麼想著，同時對依然露出幸福表情的走在旁邊的莉茲貝特問道：

「莉茲小姐，妳打算什麼時候開打鐵舖啊？」

「嗯啊？鐵舖？啊……噢，打鐵舖嗎？」

腦袋終於恢復正常運轉的莉絲貝特，稍微瞄了一眼南區的街景。

「因為昨天很努力的關係，商品的庫存說起來是很充足啦。只不過，材料的供給就有點不安了……」

「材料……啊，鐵礦石嗎？」

「是啊。拉斯納利歐附近的鐵礦石湧出點只有北方的『熊洞窟』吧？因為西莉卡馴服米夏，尖刺洞熊已經不會再湧出了，但一次能夠挖掘的量完全追不上拉斯納利歐的鐵礦消費量啊。」

「建築物與家具都要使用大量的鐵嘛……」

「嗯，不過初期的鐵礦不足已經是ＭＭＯ經常會出現的情形了。在艾恩葛朗特時也辛苦了一陣子呢～」

如此說道的莉茲貝特，一邊大大伸了一個懶腰一邊抬頭看向天空，於是西莉卡也跟著將視線上移。

Unital ring世界的時間與現實同步，因此拉斯納利歐上空仍是一片清爽的藍天。即使凝眼望著遠方的碎片雲，當然也找不到鋼鐵巨城。事件發生之後，繞行阿爾普海姆天空的新生艾恩葛朗特也轉移到這個世界，但是喪失飛行力而墜落到往南二十公里的「巴特蘭卡高原」引起大爆炸，當時待在內部的玩家好像大多立刻死亡了。

由於艾恩葛朗特的外牆與構造材料大部分都是鐵，感覺只要到墜落地點就能獲得大量的鐵，而且不是礦石而是經過精煉的鐵。根據前姆塔席娜軍的玩家們所表示，墜落地點周邊有強大到恐怖的怪物在徘徊，根本無法靠近。因此——

「必須開拓新的採掘地點才行……」

西莉卡一這麼呢喃，莉茲貝特便點頭同意。

「正是如此。桐人說沿著馬魯巴河一直往下的『瀑布後洞窟』裡有許多鐵礦石湧出，但那邊實在是太遠了，而且被那個小魔女知道了也會變得很麻煩。既然要找，希望能在城鎮的北邊找到。」

莉茲貝特所說的「小魔女」指的當然就是姆塔席娜。前天晚上的決戰，支配了一百名玩家的恐怖窒息魔法「不祥者之絞輪」，連同其發生源頭的長法杖一起遭到破壞。但是姆塔席娜跟魔法師馬濟斯、雙胞胎劍士碧歐拉與黛雅，以及姓名不詳的替身等同伴混在煙幕裡面逃走了。

西莉卡雖然沒有直接與他們戰鬥或者對話的機會，但「絞輪」極度真實的窒息感卻仍盤踞在喉嚨深處。實在不認為能夠操縱強大黑暗魔法的姆塔席娜會因為一次的失敗就放棄。雖說應該無法使用「絞輪」了，但是像現在這樣對話的期間，她可能也在某處企劃著新的陰謀，重新磨著自己的利牙。

「……斯提斯遺跡裡應該還有幾千名前ＡＬＯ組的玩家才對。以鐵製裝備為報酬的話，要再組織一次百人規模的軍隊應該不是什麼難事……」

「被那樣的軍隊攻擊的話，光憑現在的我們應該無法抵禦……」

西莉卡與莉茲貝特面面相覷後，同時看向後方的帳篷。

芽耶爾應該還在那裡面熟睡。而東區的帕特魯族居住地裡，前幾天生下來的孩子們應該正元氣十足地到處跑吧。既然讓這兩個種族移居到此的是西莉卡他們，就有從外敵的威脅底下保護他們的責任。

「……莉茲小姐，要不要去北側探索一下？」

「我也正想這麼說。」

再次交換了一下視線後，兩人同時咧嘴笑了起來。

雖然魯莽的行動在只要死亡一切就結束的Unital ring裡是大忌，但也不能老是躲在城鎮裡面。西莉卡與莉茲貝特目前是等級16，在伙伴裡面等級已經算高了，但是不斷與魔王級怪物戰鬥的桐人等級很快就超過20了。希望能夠趁他不在的時候縮短一級，不對，是兩級的差距。其他同伴也差不多要登入了吧。組成四人小隊加上米夏的話，戰力應該就足以到森林裡探索了。

原本快步走著的西莉卡與莉茲貝特，不知不覺間就朝著圓木屋跑去。

VRMMO果然很有趣。和伙伴一起邁向未知練功區的興奮感沒有任何體驗可以代替。就算有一天將會結束——正因為如此才更要全力地享受。

或許是感覺到西莉卡的決心了吧，坐在她頭上的畢娜張開翅膀發出「啾咿！」的叫聲。

6

把冰箱裡的蔬菜全部切碎，稍微炒過後和罐裝番茄一起燉煮成簡單的義大利雜菜湯，然後跟同樣是吃剩的法國麵包一起充當早午餐後，朝田詩乃／詩乃就思考接下來要做什麼。

今天桐人、亞絲娜、愛麗絲他們三個人早上就到Underworld去作調查，一直到傍晚才會回來，所以預定十九點才要正式開始攻略Unital ring。星期五出的回家作業昨天晚上就幾乎都完成了，只剩下古文課的練習題還沒做完。ＡＬＯ的話可以把功課帶到遊戲裡，在跟伙伴們互相監視或者尋求幫助的情況下開開心心地完成作業，但是Unital ring沒有讀取外部內容的機能。

除了平常就以學業優先為信條之外，說起來腦袋要是一直掛念著尚未著手的功課就無法百分之百享受遊戲。因此上午先集中精神在練習題上，應該下午才潛行……腦袋裡雖然這麼想，但是渴望知道拉斯納利歐現狀的念頭不停在腦袋裡纏繞著。

因為在意功課而讓遊戲內的表現低落，和因為在意遊戲而無法集中在功課上比起來，後者對於學業的不良影響應該比較大吧。先到拉斯納利歐轉一圈，確認大家建築的城鎮是不是確實發揮機能後，才能毫無顧慮地集中在功課上吧。

——這好像是桐人的思考方式……

即使有了這樣的自覺，詩乃還是戴上AmuSphere並且躺到床上。

「開始連線。」

把些許罪惡感吞下肚後詠唱出聲音指令。邊對自己說著「只繞城鎮一圈！」邊通過光之隧道，變成槍使詩乃出現在圓木屋客廳裡的瞬間。

「後衛Ｇｅｔ～～！」

衣領隨著這樣的聲音被從後面抓住，詩乃不由得發出「嗚呀啊！」的悲鳴。

「怎……怎麼了？」

環視之下，並排在眼前的有西莉卡跟克萊因。從剛才的聲音聽起來，在後面抓住詩乃的是莉茲貝特。

「……到底在做什麼啊？」

詩乃眨著眼睛這麼問道，西莉卡則是對她露出燦笑。

「早安啊，詩乃小姐！我們接下來要去北邊的森林探險，要不要一起去呢？」

「我……我打算只在街上繞一下而已……」

如此回答之後，詩乃就理解這是不回答「Ｙｅｓ」對方就不會放開衣領的情形。

「……啊～嗯，那好吧。不會花太長時間的話。」

「不會～不會啦！只是到沒有踏入過的區域開地圖！」

克萊因笑著這麼保證……

「對啊對啊，順便稍微找一下鐵礦的湧出點而已！」

背後的莉茲貝特也這麼叫著。

太可疑了……即使心裡這麼想，詩乃還是回答「好啦好啦」。

檢查完裝備並且結束消耗品補充的四個人，到廄舍讓尖刺洞熊米夏加入小隊，然後從東北兩點鐘方向的門離開城鎮。

結衣之所以不在，似乎是因為配合桐人他們去調查Underworld而把大部分資源都放在監視網路上。如此一來，桐人小隊就沒有人待在拉斯納利歐裡了，不過南區有幾名昆蟲世界組的成員，接下來正式開始攻略的話，也沒有餘力把什麼人留在城鎮裡了吧。只能祈禱不會出現暴徒試圖物理破壞開始發揮中繼地點機能的拉斯納利歐了。

從大門往北邊前進三十公尺後，用來搬運木材用的小徑也消失了，沒有開墾過的原生林擋在眾人前方。雖是符合「賽魯耶提利歐大森林」這個名字的莊嚴光景，但是跟現實世界的森林不同，不會因為樹叢與灌木而寸步難行。地面覆蓋著柔軟的草皮，還有幾道日光透過樹葉縫隙照射下來的模樣，看起來簡直就像伊凡・希斯金的畫一樣。

「嗯……森林真的很棒～～」

擔任前衛的克萊因大大地伸著懶腰並且這麼說道，走在最後面的米夏也像是贊同他的意見般發出「咕嚕嚕……」的低吼。

雖然確實很舒服，但眾人並非來這裡野餐。

「喂，克萊因。你有好好地搜敵吧。」

「也要確實地尋找鐵礦石喔。」

接連受到詩乃與莉茲貝特提醒，彎刀使就用力豎起大拇指。

「就說交給我了！大概只有妖怪跟變色龍不會被本大爺的掃描器感應到啦。」

「不保證白天的森林就不會有妖怪出現吧。」

聽見詩乃的反駁後，克萊因做出「咦咦，不會出現吧……」的回應，不過還是開始不停地環視周圍。

至少已經從桐人與亞絲娜那裡確認到Unital ring世界會出現妖怪——幽靈系不死怪物。四天前到斯提斯遺跡去迎接亞魯戈時，在不經意的情況下滿足了讓名為「Vengeful Wraith」的任務怪物出現的條件，聽說差點就因此而死亡。

出現條件是「將銀製道具實體化並且持有」，結果詩乃交給愛麗絲的唯一一枚銀幣卻漂亮地滿足了條件。交給愛麗絲的理由是，如果斯提斯遺跡內的ＮＰＣ商店有販賣毛瑟槍的子彈與火藥的話希望能幫她買回去，不過據說很可惜沒有找到。

由於子彈是鐵製所以暫時不用擔心缺貨，問題是出在火藥。根據把毛瑟槍送給詩乃的歐魯尼特族兄妹所表示，炸藥是碳粉與名為「炸裂黃金蟲」的分泌物混在一起製作而成。

而炸裂黃金蟲好像能在生長於基幽魯平原西側的仙人掌根部找到，但那裡除了距離拉斯納利歐三十公里遠之外，途中還有像是萬里長城般的巨大牆壁聳立，想要越過它絕非易事。

手邊的火藥還有六十個左右。把它們用光的話，就只能使用強制轉移後立刻死亡的ＧＧＯ玩家所遺留下來的光學槍「獵戶座ＳＬ２」了，當然也沒辦法補充能源，所以它也只能用到能源耗盡。果然還是得快點想辦法製造火藥才行……

邊想著這些事情邊在美麗的森林裡前進，最後可以聽見前方傳來低沉的振動聲。

背後的米夏發出「嘎嗚」的簡短警告。走在前面的克萊因與莉茲貝特倏然停下腳步。

嗡嗡———……的聲音讓人想起出現在Gun Gale Online的大型機械系怪物的運轉聲，但是音調卻有點上下起伏。雖然凝眼看著前進方向，但從古樹樹枝上垂下的藤蔓卻像窗簾一般擋住了視線。

克萊因在嘴巴前面豎起食指，然後用那根手指指向綠色窗簾比較薄的部分。詩乃她們也點點頭，躡手躡腳地往該處前進。

靜靜撥開藤蔓後，前方是一片拱門型灌木所連結起來的隧道。振動聲似乎是從隧道的前方傳過來。雖然是米夏勉強可以通過的寬度，但不認為熊可以面向前方往後急退，所以如果前方有怪物衝過來的話會很麻煩。

再次以手勢決定由詩乃與克萊因前去偵察後，兩個人便踏入隧道裡。邊走邊調查左右密生的灌木，發現堅韌的樹枝上長了密密麻麻的尖刺。應該是觸碰一下就會受傷的無法破壞障壁吧。這種尖刺灌木東西向連成長長一片，肯定因此把森林分隔成兩半。

幸好隧道的長度大概只有十公尺左右。出口也被藤蔓覆蓋，其深處傳來剛才那種起伏不定的振動聲。

和克萊因並肩，慎重地以指尖撥開藤蔓。下一刻——

「嗚呃！」

彎刀使發出聲音。雖然很想吐嘈「明明自己說要安靜的！」，但是可以理解他的心情。

隧道深處是直徑五十公尺左右的巨蛋狀空間。正中央聳立著一棵至今為止在Unital ring見過的樹木當中最為巨大的老樹，地面上到處可見宛如大王花一般的巨大花朵打開顏色鮮豔的花瓣。但是讓克萊因發出「嗚呃！」聲的並非這兩者。

老樹多節的樹幹與扭曲的樹枝都被黑褐色的塊狀物吞沒了。表面有鱗狀條紋的橢圓體跟虎頭蜂的蜂窩一模一樣。但是每個橢圓體的直徑隨便都超過五公尺以上。而且還五六個融合在一起，呈現出如同蜜蜂的蜂窩公寓般的模樣。

而這些公寓的居民當然就是巨大的蜜蜂。

體長五十公分左右的細長蜜蜂頻繁地在蜂窩的各個洞口進出著。全身是帶有光澤的暗綠色，翅膀則是淡棕色。臀部長出略微彎曲的長針。

離巢飛去的蜜蜂響著「嗡嗡、嗡嗡」的沉重振翅聲在巨蛋內飛翔，最後降落在地面的大王花上面，接著把頭埋進花蕊裡。過了一陣子再度飛起回到蜂窩內。無法想像全部到底有幾隻。

「這是隨便靠近會很危險的傢伙……」

雖然對克萊因的呢喃浮現「大多數怪物都是這樣吧」的想法，詩乃還是用力點了點頭。所謂多一事不如少一次。雖然想要迅速撤退，但從周邊的地形來看，眼前的蜂窩巨蛋恐怕是——

「喂。喂，你們兩個……」

突然聽見這樣的聲音，詩乃反射性舉起毛瑟槍。視線迅速左右巡梭後，注意到一個男人正蹲在右邊稍遠處的牆邊，一處被岩石與灌木包圍住的天然避難所般的地點。

——這個距離下我還沒看見，看來對方的隱蔽能力相當高啊。

感到有些懊悔的詩乃一直凝視著男人。Unital ring裡面光是將視線對準目標仍不會出現浮標，不過自己記得那張臉。是在姆塔席娜命令下前來拉斯納利歐偵察，結果被昆蟲國度組抓住的前ＡＬＯ玩家。名字應該是叫做——

「那不是弗利司柯爾嗎？」

克萊因一這麼呢喃，男人就輕輕點頭，然後對詩乃他們招手。

如果弗利司柯爾一直在偵察蜂窩的話當然想跟他談談，但莉茲貝特她們正在隧道入口處等待。現在焦躁度的指針應該快要破表了吧。由於繼續這樣下去她們可能會跟米夏一起來到這裡，詩乃則是同樣做出招手的動作並且呢喃：

「你過來吧。」

結果弗利司柯爾一瞬間繃起臉不過隨即點點頭，窺探蜜蜂的模樣之後才從安全地帶爬出來。幾乎沒有發出任何聲音就靈活地移動到牆邊並且進入隧道當中。

這時終於站起來的弗利司柯爾，身上做著奇妙的打扮。雖然穿著能夠罩住全身的連帽斗篷，不過淡綠色斗篷表面加上了毛絨絨的痲線，簡直就像狙擊手為了隱藏身形所穿的吉利服……應該說，機能完全一樣吧。

「嗯？這個嗎？」

或許是注意到詩乃的視線吧，弗利司柯爾往下看著自己的身體並且咧嘴笑了起來。

「很棒吧。拉斯納利歐的老鼠……不對，是帕特魯族賣的，不過說是製作一件得花四天的時間喲。」

「這樣啊……」

詩乃想著「下次有貨時也買來試試看」，接著才注意到不是想這種事情的時候。

跟弗利司柯爾一起走出隧道後，詩乃先跟早已等得不耐煩的西莉卡與莉茲貝特道歉，接著說明巨蛋內的狀況。下一個瞬間，兩個人都明顯地繃起臉來。

「蜜蜂嗎～～」

「雖然是很熟悉的敵人了……」

正如西莉卡所說的，不論是ALO還是GGO裡都有蜜蜂系怪物，SAO裡一定也出現過，算是相當常見的怪物吧。但牠絕對不是容易解決的對手。同時兼具「飛行」、「毒」以及「成群」等三大危險要素，感覺大部分的遊戲都設定成初期～中期的強敵。

似乎想著同樣事情的克萊因用力摩擦著雜亂的鬍子並且說：

「那無論怎麼看都很不妙，蜂窩就跟獨棟房子一樣大。我覺得繞過去才是聰明的做法。」

「大叔，我就知道你會這麼想。」

不知為何以得意口氣插嘴的是弗利司柯爾。雖然克萊因憤慨地說「你的年紀也跟我差不多吧！」，但對方卻毫不介意，只是對詩乃她們問道：

「妳們知道Unital ring世界的構造嗎？」

「嗯……是半徑七百公里的圓形，由許多VRMMO遊戲來的玩家被配置在外圍的各地，然後朝著正中央的終點前進對吧。」

把從亞魯戈那裡聽見的情報全部說出來後，弗利司柯爾再次咧嘴揚起嘴角。

「大致上沒錯，但是情報太老舊了。」

弗利司柯爾撿起掉落在腳邊的枯枝，找到土壤外露的地方開始畫起一個大圓。接著在內側加上另一個圓形，然後再加上一個。

「綜合許多seed game玩家的情報，這個世界似乎不是單純的平面，是以終點為中心的階層構造。」

「階層……嗎？是像結婚蛋糕那樣的嗎？」

面對歪起脖子的西莉卡，弗利司柯爾稍微加快說話速度來說明著：

「對對對。那叫做同心圓吧？半徑七百公里的話，從最外圍的海岸線往內一百公里左右就變高一層，然後好像就會這樣逐漸增高。斯提斯遺跡的北邊不遠處有一座懸崖，落差似乎是它的六七倍……大概是兩百公尺以上。嗯，如果以這樣的比例尺俯瞰整張地圖的話，大概只像是一張厚紙，但空手攀登無異是自殺行為。」

「那要怎麼爬到下一層呢？」

莉茲貝特的問題再次讓弗利司柯爾咧嘴笑了起來。

「接下來就要收費……雖然很想這麼說，但是有幫忙解除姆塔姆塔的狗屁魔法這個恩惠，就免費告訴你們吧。」

姆塔姆塔指的應該是姆塔席娜吧。雖然覺得這種稱呼方式要是被知道，對方可能會過來殺人，但轉念一想又覺得這是他自作自受，所以就當沒聽見，只表示「然後呢？」來催促弗利司柯爾說下去。

「聽好了，這是貨真價實的珍貴情報，你們可別在其他地方隨便亂說啊——這些階層呢，其實準備了能爬上去的地方。大多是能通過懸崖內側的迷宮，其中也有從懸崖上挖出來的階梯之類的，好像還有隨時都可能崩塌的梯子喲。」

雖然弗利司柯爾以符合透露極機密情報的表情與口氣如此呢喃著，但老實說只有「當然是這樣吧」的想法。沒辦法爬上懸崖也沒有爬上去的道路的話，遊戲就無法進行下去了。

應該是從詩乃的表情讀取到這樣的感想了吧，弗利司柯爾以慌張的模樣加了一句：

「然後呢，聽說抵達攀登山崖地點的路線，一定會設置困難的障壁。像是跌落一定會死亡的解謎機關之類的，或者能讓三十人的聯合部隊全滅的練功區魔王。」

「……也就是說，剛才的蜂窩也是練功區魔王嘍？」

聽見詩乃的問題後，弗利司柯爾就板著臉點了點頭。

「嗯，不會錯的。這條隧道的東西兩邊我已經走到很前面去檢查過了，發現刀劍與火都無效的尖刺樹叢一路延伸出去根本無法繞過。我想那個蜂蜂區大概就是為從斯提斯遺跡開始的組別所準備的第一個障壁吧。」

「原來如此……」

這個情報符合詩乃所做的推測。也就是說，不想辦法突破那個蜂窩巨蛋的話，就無法抵達「極光指示之地」——

不對，還有另一個不算是正攻法的辦法。

「嗳，如果你說的話是真的，那麼從這裡一直往西還是東邊移動的話，應該就有其他遊戲來的玩家用的障壁與登崖路線吧。如果那邊已經被突破的話，我們就能順便用同樣的路線攀登山崖了吧？」

「啊……嗯，是沒錯啦。」

弗利司柯爾抖動吉利服並且這麼說道，同時將雙臂環抱在胸前。

「說起來，好像有人已經突破最初的障壁了。」

「真的假的！」

如此大叫的克萊因往前走出一步。

「是從哪個遊戲來的傢伙？」

「真是的，這樣我知道的情報就全部說完嘍。這是我聽來的，還沒證實過，據說今天早上這個時間點，有兩個勢力已經突破第一障壁。第一個是名為『世界終焉之日（Apocalyptic Date）』的遊戲，裡面好像全都是獸人。」

「啊，我聽過Apode喔！」

立刻有所反應的是西莉卡，她上下動著頭上的三角耳朵並且說出一大串話來。

「玩家毛絨絨的很可愛喲！好像也有爬蟲類跟兩棲類……我本來想之後要轉移過去看看的呢。」

「我說大小姐啊，那些傢伙看起來固然可愛，不過可是相當好鬥喲。我聽說攻略如此快速的理由，是本身擁有的毛皮與爪子的性能相當高，所以只要生產最低限度的武器與防具就可以了。」

西莉卡對潑自己冷水的弗利司柯爾鼓起臉頰。

「外表看起來可愛的話，其他就都不重要啦！倒是另一款遊戲是什麼呢？」

「啊，這一款相當有名，我想你們應該都知道喔。」

先做出這樣的聲明後，弗利司柯爾就刻意放低聲音說道：

「是『飛鳥帝國』。」

「…………」

詩乃忍不住跟伙伴們面面相覷。

該款遊戲已經知名到即使是對於GGO與ALO以外的VRMMO就不太熟悉的詩乃都很清楚是什麼樣內容。奠基於和風世界觀的美麗世界地圖，以及武士、忍者、法師、巫女等多樣化職業緊緊抓住許多遊戲迷的心，聽說積極玩家的數量甚至直逼ALO。

「……但是飛鳥跟Apode不一樣，必須生產裝備才行吧。為什麼攻略速度能那麼快呢？」

「簡單來說，就是完全沒有拖到進度。」

聽見克萊因的提問後，弗利司柯爾在雙手抱胸的姿勢下靈活地聳了聳肩。

「我們ALO組託姆塔姆塔的福，盛大地內鬥了一番對吧，幾乎所有勢力在開始之後也同樣發生了爭鬥。左鄰的GGO為了爭奪子彈而展開槍戰，右鄰的昆蟲國度也發生六腳與八上互相殘殺的情形對吧？在不論哪一個遊戲都因為主導權尚未穩固而無法正式攻略遊戲的情況下，飛鳥不知道為什麼好像打從一開始就確立互相協力的態勢，在開始地點附近建立了巨大的生產據點喲。」

「…………」

詩乃他們再次閉上嘴。

正如弗利司柯爾所說的，前ALO玩家在這六天裡面忙於內鬥是事實。但那是因為魔女姆塔席娜一群人從第一天就展開許多陰謀，以「不祥者之絞輪」這種極大魔法束縛、支配了多達一百名攻略組的關係。

雖然姆塔席娜的陰謀暫時被破壞了，但是仍留下很深的影響。不少人都害怕再次被「絞輪」控制而放棄了攻略。

這出發的延遲，已經造成致命傷了吧……當這麼想的詩乃咬緊嘴唇時。

「喂喂，別洩氣啊詩乃乃。」

明明是弗利司柯爾丟出一大堆令人不得不洩氣的情報，這時他卻用力拍打詩乃的右肩。

「雖然確實被飛鳥與Apode領先了不少，但我們也還有很大的優勢對唄？」

「……什麼優勢啊？」

「那還用說嗎，就是我們的拉斯納利歐啊！其他應該沒有任何勢力能在開始地點往前三十公里的地方建立如此大規模的據點。只要今天以內能夠突破那個蜂蜂區，之後靠補給點的差距，我認為還是有很大的機會能追上飛鳥與Apode喲。」

「…………嗯，或許是吧。」

詩乃緩緩點頭。ALO因為有各種便利的魔法，所以就算是大長篇的連續任務，強攻法其實也頗能發揮功效，不過GGO的話子彈、能源以及治療套件的補給就是最重要事項，在距離城市遙遠的地方挑戰大規模任務時，都必須先從設置營地開始。

Unital ring雖然有魔法技能，但目前仍無法生成水與食物。以世界中心為目標的話，應該必須多次往返於前線與生產據點才對，從這一點來看，有可以稱為巨大前線基地的拉斯納利歐存在就令人非常安心。

正因為桐人、亞絲娜以及愛麗絲拚命守護從艾恩葛朗特掉下來的圓木屋，現在那個城鎮才能成長為這樣的規模。為了今天在晚上之前都無法登入的三個人，至少必須從開過地圖的地點往前推進一些才行。

「……好，我們要突破那個蜂窩巨蛋。」

詩乃如此宣告後，克萊因、莉茲貝特、西莉卡以及弗利司柯爾都咧嘴笑了起來。她狠狠瞪了露出完全變成同伴般表情的新人，接著加了一句：

「還有，再叫我一次詩乃乃的話，我就在你那件看來很容易著火的吉利服上面點火。」

7

——喂，起床嘍，桐人。

感覺有人在耳邊這麼呢喃，我便緩緩抬起眼瞼。

下一刻，眼前就看見滿天的星星。我在外面睡著了嗎……茫然這麼想著，然後才注意到傳遞到身體上的平穩振動。

這裡不是屋內也不是屋外。是機龍「澤法十三型」的駕駛艙。

抬起頭後，看見坐在駕駛座的耶歐萊茵團長的頭盔。雖然一動也不動，但應該不是睡著了而是集中精神在操縱上吧。覺得不能打擾他的我，隨即把腦袋放回頭枕上。

然後再次閉上眼睛，試著回想醒過來前作的夢，但記憶卻像殘雪般融化殆盡。靜靜嘆了口氣的瞬間，簡直就像察覺這樣的氣息一般——

「你醒了嗎，桐人先生？」

柔和的聲音響起，我急忙撐起上半身。

「嗯……嗯。你竟然感覺得到。」

「這麼一點小事都辦不到的話，就無法擔任機士團長了。」

說出很難判斷是認真還是開玩笑的發言後，耶歐萊茵就指著駕駛艙的左前方。

「看，馬上就要到了。」

把躺下的座椅移回原本的角度後，透過座艙罩看外面。下一個瞬間……

「唔喔……」

從我的嘴裡發出這樣的聲音。

機體的斜下方浮著巨大的球體。雖然宇宙空間很難掌握距離與大小，但那絕對就是目的地伴星亞多米娜了。

由於受到太陽光照射的地方發出淡淡黃色光芒，而另一邊則是一片漆黑，讓我確實感覺到這跟我兩百年前從人界抬頭所看的月球（露那利亞）是同一顆星球。感覺稍微殘留的記憶，告訴自己曾跟某個人進行過「那個月亮應該也有城市並且有人居住其中」的對話，但是卻想不起對方是誰。

「……那個行星上住了多少人……？」

小聲這麼問完後，耶歐萊茵就呢喃般回答：

「五個種族合起來大概五千人吧。」

「咦……就這樣？一個行星只住了五千人……？」

「人界跟黑暗界都還有多餘的土地，『終結之壁』外面還是幾乎未開拓的『外大陸』。在黑暗界的綠化也不斷有進展的情況下，很少會出現特地移居到亞多米娜的人。」

「但是……移居者生下小孩子的話……」

我一這麼說，耶歐萊茵就以感到不可思議般的聲音回答：

「就算生下小孩子，總人口也不會變喔。」

「咦……？」

「去世者跟降世者的數量相同……現實世界不是這樣的嗎？」

無法立刻理解他這句話的意思，我眨了好幾次眼睛後才終於注意到。

Underworld存在人口的上限。

生活在這個世界的人們，其靈魂也就是搖光是保存在設置於Ocean Turtle中樞部的LightCube Cluster裡。構成Cluster的Cube總數應該是二十萬個左右，所以無法產生超過這個數量的搖光。

兩百年前的人界，總人口大約是八萬，而黑暗界大概也一樣的話，當時未使用的Cube僅僅只有四萬個。世界不再有戰爭的話，那應該會是轉眼就使用殆盡的數量——不對，實際上就是這樣。現在Underworld的人口達到物理上限的二十萬人，沒有某個人過世然後將Cube初始化的話就無法裝載新的靈魂。耶歐萊茵所說的「去世者跟降世者的數量相同」就是這麼一回事。

「……不，現實世界沒有這樣的限制。」

我一這麼回答，機士團長就感到疑惑般皺起眉頭。

「咦……那麼，人口不就會毫無極限地增加下去嗎？」

「是啊。」

點頭的我想著「他會相信我說的嗎……」同時繼續說道：

「目前現實世界的人口超過八十億人了。」

「八…………」

這時就連耶歐萊茵都整整三秒鐘說不出話來。他把上半身左轉到極限，從略低的駕駛座上對我露出啞然的表情。

「你……你剛才說八十億嗎？十萬的八萬倍？」

「這……這個嘛……」

我在腦內迅速數著零的數量，然後點頭。

「嗯，十萬的八萬倍。」

「…………哎呀……」

輕輕搖搖頭後，機士團長就把身體轉了回去。

「從紀錄裡得知異界戰爭時有數萬規模的現實世界軍隊不斷轉移過來，我就覺得現實世界的人口應該相當多了……不過沒想到是以億做單位。這麼說來，如果……」

他說到這裡就停下來，才小聲繼續說了一句「不，沒什麼」。

就連不太懂察言觀色的我都能知道耶歐萊茵說到一半的話是什麼內容。如果發生新的異界戰爭。Underworld與現實世界勃發規模超越兩百年前的戰爭，就會變成二十萬對八十億的戰爭。他是這麼想的。

雖然菊岡二佐、神代博士、我、亞絲娜以及眾伙伴都為了迴避這樣的事態而努力著，但實在無法隨便斷言絕對能防止戰爭。所以我先吸了一口氣再靜靜呼出後，才轉換心情如此說道：

「亞多米娜的一天也跟卡爾迪娜一樣長嗎？」

「是啊。不過亞多米娜的首都歐利位於跟聖托利亞對稱的位置，所以現在是深夜。」

「歐利……」

雖然思考著這個名字是從何而來，但是完全沒有頭緒。這個時候結衣在的話就會流暢地從許多語言裡列舉出候補的選項，但是她現在配合我、亞絲娜和愛麗絲的潛行正在進行監視網路的任務，何況她本來就無法登入Underworld。

我一邊想著這些事，一邊凝眼看著伴星亞多米娜的夜間區域，好不容易才看到一些像是人工的亮光。但是機龍不是筆直朝向該處，似乎是往東方相當遠的地點前進。

「那個……沒辦法降落在城市裡的飛行場對吧？」

我的問題讓耶歐萊茵像是要表示那還用說般點了點頭。

「那是當然嘍，因為就算有隱形裝置，夜晚還是無法隱藏噴射光。」

「那麼降落在遠處的話，要如何從那裡移動到城市呢？」

「桐人那雙長腿是拿來做什麼用的？」

——真的假的？是說我的腿又不長。

像是看透我的想法般呵呵笑了兩聲後，耶歐萊茵才推下操縱桿。

白銀機龍平順地朝著白天與黑夜的境界線下降。

伴星亞多米娜是黃色的理由完全出乎我的意料。

我原本還以為是天空的顏色，不過從地表上抬頭看著的天空也跟卡爾迪娜一樣是清澈的藍色，但地面大部分都染上淡黃色。正確來說是被黃色花朵覆蓋住了。

我從在高度一千公尺處像滑行般飛著的機龍裡面，眺望著持續到地平線盡頭的花田，同時茫然地呢喃著：

「這些花……是人類種的嗎？」

「不，好像星王首次降落到這裡時就是這樣了。」

耶歐萊茵像是預期到我會這麼問般流暢地解說著。

「從這個高度的話沒辦法看清楚，但實際上是交雜著好幾種黃色的花朵。這些花朵會隨著季節逐漸交替開花，亞多米娜才會一年四季看起來都是黃色。」

「唔嗯……」

如果設計亞多米娜地形的是ＲＡＴＨ的某個工作人員，就會很想說一句「太混了吧！」，但應該不是這樣。亞多米娜是某個Underworld人——按照傳聞的話是星王，在靠近至今為止都稱為月亮（露那利亞）的星球時，Cardinal系統才自動生成詳細的地圖吧。如果是這樣，就只有「圖書館的賢者」卡迪娜爾才知道為什麼會採用這樣的設計，但是她已經不在了。跟身為分身的最高司祭亞多米尼史特蕾達一樣，只在兩顆行星的名字上留下殘影。

我把視線從無限的花田上移回前方的天空。從紅色下沉為藍色的漸層不是晚霞而是朝霞的顏色。我們正背對著朝日，追著夜晚飛行當中。前方仍未見到城市的燈光。

「……欸，想悄悄靠近首都的話，不應該從白天的區域，而是應該從夜晚的區域進入才對吧？」

突然這麼問完後，耶歐萊茵就用手指在空中比劃並且回答：

「是這樣沒錯，但那樣的話就得繞行星一圈。飛行距離將會變成兩倍。現在已經進入從首都歐利的話會被星球弧度遮蔽而看不見的路線，所以被發現的機率應該相當低……我想啦。」

機龍確實是在完全看不見首都亮光的位置進入大氣層——Underworld好像稱為「氣圈」。而且這個世界應該不存在雷達與人造衛星，長距離的觀測手段就只有大型望遠鏡，所以要從廣大天空的一點發現飛行的機龍應該是極為困難的事情。

澤法十三型一邊響著很難相信剛從數十年沉睡當中醒過來的沉穩運轉聲，一邊在黃色花田上飛行。隨處可見的樹木，其樹葉也全是黃色系。雖然也很想讓亞絲娜與愛麗絲看看這樣的景象，但機龍只能兩人搭乘就沒辦法了。完成亞多米娜的任務，成功讓賽魯卡、羅妮耶與緹潔醒過來的話，應該還會有所有人一起到訪這個行星的機會。

隨著機龍的前進，暗紅色天空朝背後遠去。夜晚的藍色逐漸變大。這也就是說，我們的飛行速度超越了伴星亞多米娜的自轉速度。之所以幾乎感覺不到空阻，應該是因為這裡是虛擬世界，不然就是機龍上有什麼機關。

在異界戰爭裡試著以心念力全速飛行的時候，我記得必須以風素防護罩來抵擋逆向吹來的風。這就表示雖然不存在氣體分子但是依然模擬了空氣的阻力。這樣的話，這架機龍一定也施加了類似風素防護罩般的機關。現在回想起來，從宇宙進入氣圈時，完全沒有電影或者動畫裡那樣機體變得火紅，以及搖晃到快要四分五裂的情形。

「耶歐萊茵啊……」

當我認為應該詢問是以什麼樣的方法抵擋空阻而再次呼叫機士團長閣下時。

「嗶嗶、嗶嗶！」的急迫警告聲響徹整個駕駛艙，儀表板的各個地方都亮起紅燈。

「怎……怎麼了？」

驚慌的我耳朵裡傳來緊繃但是沉穩的聲音。

「是心念反應。桐人，你做了什麼嗎？」

「什……什麼都沒做啊！」

「那就是攻擊了。我注意上面，你幫忙監視下方吧。」

「了……了解了！」

雖然很想詢問「是誰還有如何攻擊」，但現在不是時候。我瞪大雙眼，交互看著機體右下方與左下方。結果——

左斜前方，可以看見夜晚與傍晚的境界線附近有幾道紅光往這邊靠近。

「十點鐘方向有發光體！」

這麼大叫完後才急忙想著對方不知道是否能聽懂鐘點位置，幸好耶歐萊茵立刻有所反應。

「我也看見了！那是……心念誘導彈，會有點搖晃喔！」

他的聲音與尖銳的運轉聲重疊在一起。澤法彷彿生物般震動著巨軀，像被彈往右上方一般上升。

被按壓在座位上的身體發出摩擦聲。原本以為脫離卡爾迪娜時的加速就是上限了，但星王專用機的潛力似乎不只是這樣。在幾乎無法呼吸的急遽加速之中，我拚命轉動脖子，透過座艙罩瞪著後方。

仍然可以清楚看見紅色光群。而且它們甚至還慢慢靠近了。

「耶歐萊茵，甩不開啊！」

「我想也是！靠近到五百梅爾時告訴我！」

——哪知道多近才是五百梅爾啊。

雖然這麼想，但是在沒有任何記號的天空中，卻能清楚地感覺到與不可思議光芒之間的距離。剩下七百梅爾……六百梅爾……

「——五百！」

大叫的瞬間，動力機關再次發出凶猛的吼叫。就像是把虛空踢飛一樣，機龍以銳角後空翻。雖然害怕乍看之下相當纖細的澤法會四分五裂，但機體的堅硬度直接傳遞到往前緊趴在座位上的身體。

咬緊牙根承受著重壓，同時凝視著頭上的暮色。視界的角落捕捉到紅色閃光。那個叫什麼心念誘導彈的總共多達十二三枚。其中有三成左右或許是跟丟我們而朝完全不同的方向飛去，但還有七成像生物一樣轉頭追了過來。

「那……那些傢伙，是有人在操縱嗎？」

即使在這種狀況下，耶歐萊茵還是很有禮貌地回答我的喊叫聲。

「不，那是自動追蹤目標的心念兵器！在某個地方應該有發射那個的機車或者機龍……吧！」

說完的同時就將機體往右翻滾，然後再次銳角轉彎。再次有幾枚誘導彈無法跟上而離開，但仍有五六枚追了上來。距離已經剩下不到三百公尺。凝眼一看之下，誘導彈的本體是以灰色金屬製成的筒狀物體——看起來簡直就跟飛彈一模一樣。發出紅光的好像是埋在前端的鏡頭般零件。

誘導彈長度約一公尺，跟現實世界的空對空飛彈比起來似乎小了許多。即使如此，那種尺寸的物體要是在近距離爆炸的話，就算是澤法也不可能毫髮無傷。我依然瞪著後方，對耶歐萊茵做出預告。

「喂，快被打中時我就要用心念嘍！」

「沒辦法了，但記得壓抑到最小限度！」

雖然心想反正我方的存在早就暴露了，不過攻擊者不知道是否清楚我們是整合機士團長以及前星王，或者單純認為只是來歷不明的入侵者。如果是後者的話，確實不需要全力使出心念來宣傳真正的身分。

澤法果敢地進行第三次空翻，讓迫近的誘導彈減少為三枚。但是距離也只剩下不到兩百公尺。繼續空翻而降低速度的話，在甩開導彈前就會被擊中了吧。

以心念擊退這些傢伙的方法有二。第一個是穿過駕駛艙生成大量熱素來進行攻擊，或者是單純只是張開防壁。將其擊落的話確實會吐一口悶氣，但如果引起大爆炸的話，餘波或許會牽連到我們。

這裡還是乖乖地使用防護罩吧。這麼想的我向耶歐萊茵說了聲「要防禦嘍！」，就以心念防壁包裹住機體，強度大概是防止宇宙獸深淵之恐懼的光彈時的一成左右。

半秒後，三發誘導彈連續接觸防壁。

爆炸。再爆炸。

黃色閃光炫目地照耀著傍晚的天空。爆炸的火焰沿著心念防壁擴展成球狀，一定的衝擊反饋到我的意識，不過威力大概只有同時解放五六個熱素的程度，遠遠比不上宇宙獸的攻擊。

接觸防壁的誘導彈有三枚卻只有兩次爆炸，剩下的一枚應該是在爆炸前就遭到破壞或者被轟飛到遠方了吧。即使做出這樣的推測，為了慎重起見我還是維持著防壁，然後準備跟耶歐萊茵報告結果。

「誘導彈全部消……」

這個時候。

某種冰涼，或者是黏稠的詭異感覺舔過我的意識。

某種東西試圖鑽進心念防壁內。並非破壞我以想像製造出來的硬質防壁，而是侵蝕出一個小洞，然後從該處闖入的感覺。簡直就像是全身裹著滿滿黏液的寄生生物一般。

我迅速回過頭凝視著機體的右後方。爆炸火焰幾乎消失後，傍晚天空的一角有一個奇妙的物體正在蠢動。一公尺長，五公分粗左右的黑色細長管狀物體。那不是金屬製成的兵器，而是看起來像蛇也像是蚯蚓般的某種生物。

沒有眼睛與嘴巴的前端從內部發出紅光。由於其他誘導彈確實是由灰色金屬所製成，十幾枚裡面似乎只有參雜著一枚那個生物兵器般的物體。

黑色蚯蚓的身體已經有一半入侵到心念防壁當中。我朝那個方向伸出左手，試著要關上防壁被鑽開的孔洞，但感覺不論施加多大的壓力，心念本身似乎都被覆蓋在蚯蚓體表的黏液給融化掉了。我完全沒想到有這種可能性，不過心念力說起來就是以想像來進行「事象操作」。耶歐萊茵曾經言及「隱藏心念的心念」，如果同樣存在「侵蝕心念的心念」的話，那就算我全力強化防壁也無法阻止那個生物兵器。

駕駛座的耶歐萊茵似乎也注意到在虛空中蠢動的黑色蚯蚓了。駕駛艙裡傳出毫不隱藏厭惡感的聲音。

「那……那是什麼？」

「別問我啊。倒是……馬上就要進入防壁裡了！」

「知道了，再撐一下。」

剛這麼說完，耶歐萊茵就把左手貼到座艙罩上。

厚厚玻璃外面生成了多達十個發出藍光的凍素。除了省略術式之外，還無視「一根手指只

能操縱一個素因」這種神聖術的原則，屬於超高級的技術。

耶歐萊茵迅速揮動左手，凍素們拖著藍色軌跡朝著黑色蚯蚓飛去。接觸的瞬間，立刻連續產生大量的冰。

短短幾秒鐘，入侵到防避內的黑色蚯蚓，其前半部就被關進巨大的冰塊裡面。雖然操縱凍素的是耶歐萊茵的心念，但是冰塊本身是實體，所以「侵蝕心念的黏液」應該無法把它融化掉。實際上，黑色蚯蚓的後半部明明還在亂動，前半部已經完全停止動作了。雖然警告聲還是持續響起，但是在蚯蚓還活著期間聲音就不會停下來了吧。

「好……我要讓澤法著陸了，繼續保持著防壁吧。」

我輕輕點頭回應耶歐萊茵的指示。

「知……知道了。」

雖然維持心念受到黑色蚯蚓侵蝕的狀態實在讓人不太舒服，但也只能暫時忍耐了。為了慎重起見，我專心想著要加厚蚯蚓周圍的防壁，但對方就像是早就看準這一刻般。

身體正下方再次產生黏稠的感覺。

剛浮現「啊」的想法時，細長軟體已經貫穿心念防壁。

「耶歐萊茵！從下面……」

巨大爆炸聲掩蓋了我拚命叫到這裡的聲音。

8

感覺後頸附近被某種綻開的刺痛感襲擊，亞絲娜便停下腳步。

即使回過頭，也只看見一整條鋪著紅色地毯的大階梯，並沒有什麼奇怪的跡象。壓抑下些許忐忑的心情轉回前方後，就和同樣露出奇怪表情停下腳步的愛麗絲四眼相對。

「……亞絲娜，剛才好像……」

「愛麗絲也一樣……？」

以呢喃聲交談後，兩人再次環視周圍。但是構成中央聖堂的大理石牆完全阻隔內部與外部，充滿整個微暗梯廳的只有內含數百年歷史的寂靜而已。

「亞絲娜小姐、愛麗絲小姐，怎麼了嗎？」

這道聲音讓兩人抬頭看向大階梯前方，結果發現站在下一個樓梯平台的絲緹卡與羅蘭涅正納悶地歪著脖子。站在兩人後面的艾莉以及抱在她手裡的納茲似乎也沒有感覺到異變。

「對不起，沒什麼！」

如此回答完就跟愛麗絲並肩快步走上階梯。

在九十樓的大浴場目送桐人與耶歐萊因搭乘的機龍離開後，泡澡洗去汗水的亞絲娜等人在併設的脫衣處兼休憩所罩上單薄的浴袍，然後邊享用冷飲與各種水果邊聊天。

以下午一點三十分的鐘聲做結束，穿上原本的服裝離開浴場。接下來的目的地是位於第九十四層的廚房。因為計劃要做豐盛的料理來迎接歸來的桐人他們，絲緹卡與羅蘭涅很快就開始吵著要做些什麼菜了。

兩個人回來時恐怕已經超過四點，所以在那之前有許多做菜的時間。據艾莉表示，星王妃時代的亞絲娜似乎會在那間廚房裡進行新料理的開發。雖然只能說很遺憾沒有那個時候的記憶，不過幸好食譜全部詳細地記錄下來了，所以要重現應該不是太困難。

問題反而是想招待的人是不是來得及回來。由於亞絲娜他們一到下午五點就會被強制登出，所以桐人如果四點五十五分才回來的話，精心煮好的菜餚就必須在五分鐘內塞進肚子裡。

——至少要在三十分鐘前回來啊。

在心中對差不多要抵達伴星亞多米娜的前星王如此搭話後，亞絲娜迅速衝上最後的幾階樓梯。

9

西莉卡與伙伴們決定先在連結蜂窩巨蛋的隧道前建立暫時的據點。

他們割下雜草、砍伐樹木，開拓出一塊大約十平方公尺的平地。接著詩乃與克萊因便利用石工技能建造地基，莉茲貝特則以木匠技能蓋起簡樸的小屋。雖說遭到大型怪物攻擊的話馬上就會四分五裂，但只要能維持到攻略蜂窩就可以了。

特地建立據點的理由是為了累積大量素材道具，特別是木材的緣故。應該有幾百隻才對的巨大蜜蜂在廣大範圍內互相連結，所以從外圍引誘出來將其打倒的固定手法很可能失效。被大量蜜蜂包圍的話將會很難從隧道脫身，為了防止這種情況而決定一邊在區域內建立簡易的防禦物——提案者詩乃稱之為掩體——一邊進行戰鬥。

ALO不允許玩家在練功區設置建築物，不過Unital ring不論是迷宮內還是河川裡都可以使用建造指令，如果是單純的牆壁，設置時間只要短短幾秒鐘。習慣操作的話，邊戰鬥邊製造掩體也不是什麼困難的事吧。

問題是木製掩體可以抵擋巨大蜜蜂的攻擊多久的時間，這必須實驗才能知道。反正還要一個小時才能湊齊最低限度的攻略成員。

擅長偵察行動的弗利司柯爾自願回到拉斯納利歐去傳達指令。雖然仍不確定他是否真的值得信任，但如果他的目的也是最快抵達終點的話，那麼現在這個時間點背叛對他來說也沒有好處。

西莉卡思考著這些事情，同時餵食著畢娜與米夏。米夏吃了大量哈貝肉以及在砍灌木時順便採收的藍莓般樹果後，在小屋旁邊縮成一團睡起午覺來了。畢娜也把熊的巨大身軀當成床來進入夢鄉。

西莉卡身邊的莉茲貝特原本露出微笑看著寵物們睡著的模樣，但忽然收起笑容呢喃著：

「……Unital ring被完全攻略的話，這個世界就會回到原本的ＡＬＯ與ＧＧＯ對吧？」

「嗯……應該是這樣吧？」

即時回答之後，西莉卡才理解莉茲貝特露出沉思表情的理由。某個人抵達世界中心，Unital ring消滅的話，米夏以及其他的寵物，還有巴辛族、帕特魯族也都會消失。就連今天才剛出生的芽耶爾也不例外。

只要是ＶＲＭＭＯ玩家的話，應該都知道虛擬世界有多麼脆弱。使用The seed的遊戲雖然可以節省購置成本，但營運者也很容易放棄。這一年半以來已經有不下數十款遊戲結束營運，而生活在那些遊戲裡的ＮＰＣ也全部消失。

但是Unital ring世界的NPC們，AI水準可以說高出其他遊戲好幾倍。印象中這裡所有的NPC都具備ALO裡只有神族與巨人族才擁有的高度思考力。寵物的米夏與小黑，行動也沒有模式化，而且可以輕鬆理解困難的命令，所以果然是被賦予了獨自的AI。

活在Unital ring半徑長達七百公里世界內的數千名居民可能一瞬間就全部消滅……這雖然是沒辦法的事，但實在太殘酷了。只不過──

「……就算我們不去攻略，最後還是會有某個人去完成它的……」

西莉卡省略思考過程的話，讓莉茲貝特輕輕點了點頭。

「現在只要專心朝終點前進就可以了。」

「嗯。努力攻略蜂窩吧。」

和莉茲貝特互碰了一下拳頭後，就從廣場角落傳來呼喚兩個人的聲音。西莉卡用力揮了揮手，就往詩乃與克萊因等待著的方向跑了過去。

等待增援期間，四個人就努力地收集素材。

要建造牢固的木造建築物就需要鐵釘與經過加工的木板，掩體則是只要在戰鬥期間能夠維持住就可以了，所以就不斷生產圓木與細繩，然後儲藏在小屋的倉庫欄裡。

花了四十分鐘把小屋所設定的保管容量塞滿時，就聽見西南方傳來複數的腳步聲。眾人還是提高警覺注視著聲音來源，結果從樹林裡出現的是規模遠超過預想的集團。

領頭的是穿著蓑衣蟲般斗篷的弗利司柯爾。他的後面跟著艾基爾、亞魯戈、莉法。再來是前姆塔席娜軍團的霍格、迪柯斯以及數名同伴、前昆蟲國度組的薩利翁、畢明古等幾個人，然後巴辛族與帕特魯族族也各自派了三四個人。總數將近二十人。

解除警戒跑過去的西莉卡，省略了招呼直接跟莉法搭話道：

「虧……虧你們能招集到這麼多人！就算是星期六也還只是中午……」

「那是因為……」

開頭先這麼說道的莉法，邊看向跟艾基爾、克萊因說話的弗利司柯爾邊繼續表示：

「那個人在拉斯納利歐到處跑，一下子就聚集了許多人。不知道什麼時候好像連巴辛語跟帕特魯語都有一定水準了……」

「真是的，害我的生意都受到影響啦。」

亞魯戈雖然繃起臉這麼說，但隨即咧嘴笑著加了一句：

「不過去告知薩利翁他們的是我喲。」

「伙伴裡面英文流暢的就只有艾基爾先生、亞魯戈小姐跟亞絲娜小姐而已嘛。」

莉法所說的是事實。桐人也不愧是曾考慮到美國留學的學生，英文會話能力也相當不錯，但還不到等同母語的程度。西莉卡因為反省在Underworld發生異界戰爭時完全無法跟國外玩家溝通，所以努力地學習當中，但還只是對方放慢說話速度才好不容易能理解內容的程度，口說就更加生疏了。

難得前昆蟲國度組成為同伴，所以決定不因為昆蟲外表感到膽怯，要盡量與他們溝通的西莉卡，朝著在稍遠處與帕特魯族說著話的薩利翁走過去。

但是在西莉卡搭話之前，象兜蟲薩利翁就突然轉過身來，以西莉卡差點就要聽不懂的速度對她搭話道：

「Hi girl,these flufs say they know the gaint hornets we'll fight.（小姐，這些毛絨絨的傢伙說他們知道我們即將與其戰鬥的蜜蜂）」

「Are you sure?（真的嗎）」

好不容易這麼回答後，西莉卡就重新轉向三名帕特魯族。

站在前頭的是女性領導者切特。她的頭上綁著黃綠色頭巾，身穿打造得相當仔細的皮革鎧甲，背後揹著烏亮的草叉。身高只有一公尺出頭的她，是毫不畏懼地挑戰The Life Harvester的勇者——但是現在耳朵與鼻子卻有點下垂。

「西莉卡，真的要跟綠色的大蜜蜂戰鬥嗎？」

託努力提升帕特魯族語技能的福，可以確實理解切特說的話。

「嗯，要穿越森林的話就一定得經過蜂窩的所在之處。」

如此回答的瞬間，站在切特後面的兩名帕特魯族戰士——右側的名字應該是奇諾基，左側的名字是奇魯夫——就同時震動鼻尖的鬍鬚。雖然巨大蜂群確實是威脅，但為什麼看見實物前就如此膽怯呢，當這麼想的西莉卡眨著眼睛時——

「我小的時候，曾經聽奶奶說過。很久很久以前，把帕特魯族從平原趕出去的就是綠色的超恐怖蜜蜂。」

說出這樣的開場白後，切特就開始訴說一族的歷史。

很久很久以前，帕特魯族在基幽魯平原北部的一座岩山上建築起宏偉的城市，在該處種植玉米、飼養蜜蜂，過著和平的生活。

但是某一天，大地產生劇烈搖動，岩山的側面崩塌。接著出現從未見過的巨大綠色蜂群襲擊帕特魯族。與其對抗和逃著躲藏起來的族民都遭到殺害，城市瞬間就被蜜蜂占領。活下來的族民逃到南方平原，但是又被凶猛的恐龍一路往東追趕，最後僅有數十人抵達「凱由大壁」。

之後帕特魯族就在大壁裡受到青蛙與蜥蜴的威脅，苟延殘喘地活了下來。族民們一直懷抱著將來要移居東邊盡頭的約束之地的夢想——

所有人圍成一圈側耳傾聽當中，話說到這裡就結束的切特，圓滾滾的大眼睛流下了淚水。

非常理解她忍不住要哭泣的心情。好不容易抵達一族殷殷期盼的賽魯耶提利歐大森林，結果附近卻有過去曾消滅他們城市的巨大蜜蜂築巢，也難怪他們會感到絕望。甚至可能出現帕特魯族全部離開拉斯納利歐的情形……當西莉卡如此擔心時。

「那這就是絕佳的機會吧，切特。」

在西莉卡身邊聽著故事的詩乃，以冷靜的聲音這麼發言。切特眨了好幾次雙眼後才微微歪著脖子。

「是什麼機會？」

「幫祖先報仇的機會啊。嗯……或許不是毀滅城市的那群蜜蜂，但絕對是同一種族。而且要是在這裡掌握攻略法，將來或許可以奪回城市吧。當然得要那裡還有蜂窩啦。」

「取回城市……」

如此呢喃的切特，原本下垂的雙耳慢慢抬了起來。黑色眼裡出現光芒，萎縮的鬍鬚也整個伸直。

依序與站在左右兩側的奇諾基與奇魯夫面面相覷的切特，這時說出意想不到的話來。

「我們的祖先大人雖然被綠色蜜蜂消滅，但還是勇敢地戰鬥了。在戰鬥當中發現蜜蜂的弱點，而那個弱點就傳給了族長的小孩以及其後代。我是現族長奇古努庫的孩子。所以知道蜜蜂的弱點。」

聽得懂帕特魯族語的人把內容翻譯出來後，到處都傳出「哦哦～～」的聲音。

要知曉巨大蜜蜂的攻略法，可能要經過在前ＡＬＯ組起始地點斯提斯遺跡到處跟ＮＰＣ打聽，靠著片段的情報抵達凱由大壁，在那裡完成某個任務來獲得帕特魯族的信賴……這樣的程序。但託前去迎接詩乃的桐人他們把帕特魯族帶到拉斯納利歐的福，得以完全省略這些過程。這可能是追上搶先於ＡＬＯ組的世界終焉之日組與飛鳥帝國組的機會。

這麼想的西莉卡，往前踏出一步後詢問切特。

「那……那個弱點是什麼？」

「半邊蓮喔。」

這就是勇敢老鼠戰士的答案。

10

「這些花有名字嗎？」

我撿起從一半花莖折斷的花朵並且如此詢問，耶歐萊茵便以慵懶的聲音回答：

「……或許有吧，但是我不清楚。」

「大概是卡爾迪娜沒有的花吧。」

我一邊這麼呢喃，一邊窺看著彷彿薄絹般的黃色花瓣。但下一刻花的天命就歸零，變成光粒從我的手中消失了。

這時腳邊也飄起無數的光粒，脆弱地融化在冰涼的夜風當中。這些全是澤法十三型緊急著陸時壓扁的花朵與灌木的天命。刻畫在淡黃色花田上的漆黑滑行痕跡長達五十公尺——這已經是將心念壓抑到最小程度了——我想這樣應該牴觸了某種法律，但是責任應該歸屬於對澤法發射飛彈的某個人吧。

問題是那到底是哪個地方的哪個人……還有為什麼要針對我們呢，似乎有什麼點子的機士團長抱著膝蓋坐在滑行痕跡盡頭，茫然望著澤法的機體。把傳說的星王專用機弄壞似乎讓他遭受很大的打擊。

實際上，澤法十三型確實受到相當嚴重的損傷。被從正下方飛過來的謎樣生體飛彈撕裂下腹部的裝甲，底下的動力機關以及管線不是斷裂就是出現龜裂。不可思議的是沒有燒焦的痕跡，封鎖永久熱素與永久風素的封密罐看起來也平安無事，不過依然不是緊急修理就能恢復的傷害。

我默默抬起視線。我們在伴星亞多米娜的白日區域下降，飛進了夜晚區域，所以目前東方的天空正逐漸染上朝陽的顏色，不過正上方仍殘留著夜空。其中心飄浮著一顆驚人的巨大藍色行星——主星卡爾迪娜。

據耶歐萊茵所說，兩顆行星的距離大約是五十萬公里。澤法大約一個半小時就飛過這樣的距離，所以最高速度達時速三十萬公里以上……粗略計算大概是三〇〇馬赫這種嚇死人的數字。就算有主星卡爾迪娜自轉的慣性輔助，這也是現實世界的飛機不可能擁有的加速力。我記得火箭在脫離地球大氣圈時的速度也只有時速四萬公里左右。

Underworld人原本除了乘坐飛龍之外就沒有在空中飛行的方法，短短兩百年就能有這樣的技術發展確實是相當了不起，但反過來說，澤法受到損傷的現在，就表示我跟耶歐萊茵失去了回到卡爾迪娜的手段。嚴格說起來還是可以用心念力來飛行，但實在無法達到時速三十萬公里。

從澤法下來之前看到儀表板上的時鐘，顯示卡爾迪娜時間剛過下午兩點，所以距離跟神代博士約好的下午五點只剩下三個小時。不但是否能完成我與耶歐萊茵的目的也很可疑，想回到亞絲娜與愛麗絲等待著的中央聖堂就更困難了。但是，光是坐著絕對無法解決任何問題。

「耶歐萊茵啊……」

如此呼喚後，脫下頭盔的機士團長就稍微把白色面具朝向這邊。我繞到他的正面，把手貼到膝蓋上來配合他的視線。

「你還相信我是星王本人嗎？」

這個問題讓耶歐萊茵面具底下的雙眼眨了好幾下，然後才輕輕點頭。

「嗯……我相信。」

「那麼我以星王桐人原諒你讓澤法受到損傷一事。說起來，沒注意到黑色蚯蚓從下面飛過來是我的失誤，所以別再垂頭喪氣，來商量一下今後該怎麼辦吧。」

「…………」

耶歐萊茵露出啞然的表情好一陣子說不出話來，然後才浮現淡淡的苦笑。

「我沒有垂頭喪氣啊。」

「少騙人了，就跟被關進中央聖堂的地下監牢時一模一樣……」

我說到這裡就閉上嘴巴，用力搖了搖頭。

「沒有啦，沒什麼。總之先站起來吧。」

把竄過胸口的疼痛吞下肚後伸出右手，耶歐萊茵雖然感到疑惑般瞇起眼睛，不過還是握住我的手。把他拉起來，幫忙拍除貼在機士服背上的樹葉之後，我再次看向澤法。

「那只能先放在這裡了。是說……擊落我們的傢伙，為什麼沒有發動襲擊呢？」

緊急著陸後，我率先警戒的是心念誘導彈發射者的追擊。但已經過了五分鐘以上，天空與地面都相當安靜。

耶歐萊茵似乎也在思考這件事，他立刻就回答：

「發射那些誘導彈的不是無人的自動警戒設備，就是主要目的是讓我們留在亞多米娜……應該是這樣吧。」

「自動警戒設備……？連這種東西都有嗎？？」

「地上軍應該已經檢討過實現的可能性了。但是無法解決搜敵裝置該如何分辨敵我雙方的問題，我記得已經廢棄這個提案了……」

「原來如此……」

現實世界的敵我識別裝置當然是利用電子訊號，但是Underworld沒有電波的概念。阿拉貝魯家與皇帝家別墅有的「傳聲器」，應該也是以跟手機完全不同的構造來運作。

「這就表示，有辦法製作只要發現機龍就無條件發射誘導彈的裝置嘍？」

「……理論上是這樣。」

耶歐萊茵靜靜點頭回應我的問題，不過立刻又以苦澀的表情繼續表示：

「但問題是混在誘導彈裡的那個……桐人所說的黑色蚯蚓。自動發射裝置可以搭載那種東西嗎……」

「啊，說得也是喔……」

點頭的我，同時看向澤法的後方。

該處有一塊巨大的冰塊滾落在地上。表面雖然因為泥土而弄髒了，但原本的透明度就相當高，所以還是能清楚看見關閉在裡面的東西。

我們默默邁開腳步朝冰塊走去。

從至近距離看見的黑色蚯蚓——生體飛彈，有著比想像中更驚悚的外表。正如在戰鬥中掌握到的，它是一公尺長，五公分粗，又黑又長的管狀物，但體表排滿六角形的小鱗片，半透明的頭部有著讓人聯想到進入蝸牛眼睛的寄生蟲般環狀圖樣與黑色斑點，追蹤澤法時的紅光已經消失，但不一定已經死亡。

「……耶歐萊茵啊。」

「……什麼事？」

「你的家人都怎麼稱呼你？」

「啥？」

機士團長的嘴巴張成奇怪的形狀，接著又用傻眼的聲音繼續表示：

「這是需要現在問的事情嗎？」

「在談論困難的事情時，就會想縮短稱呼吧？你也可以叫我桐人就好。」

「…………」

以明顯帶著滿滿「這真的就是星王嗎」心情的聲音嘆了一口氣後，耶歐萊茵就這麼說道：

「母親大……媽媽她都叫我耶歐或者耶歐爾。」

「這樣啊，那我可以叫你耶歐嗎？」

「請吧。」

機士團長以演戲般的動作輕輕揮動右手，我則是乾咳了一聲後再次呼喚他的名字。

「咳咳……耶歐啊，你以前曾經看過跟這個一樣的東西嗎？」

「沒有。但是…………」

耶歐萊茵有些猶豫地伸出右手，以指尖稍微觸碰自己製作出來的冰塊。簡直像是感到疼痛般迅速把手縮回來——

「……以前的文獻有讓人聯想到這種黑色蚯蚓的記述。」

「文獻……？」

「只有星界統一會議的評議員才能閱覽的異界戰爭詳細紀錄——在『東大門』之戰的後期，黑暗領域軍的術師部隊，使用了將自身士兵的天命直接轉換成空間力的禁術，生成了具備自動追蹤能力的生體兵器。我記得術式的名稱是叫做……『死詛蟲』吧……」

「……死詛蟲……」

才剛重複一遍帶有異質聲響的名詞，兩隻手臂就稍微起了雞皮疙瘩。

「大門之戰」發生的時候，仍處於心神喪失狀態的我雖然依然受到羅妮耶與緹潔的保護，但還是朦朧感覺到戰場上發生的事情。

像是飢餓蟲子大軍的暗素屬性術式襲擊衝入峽谷的人界軍游擊隊，一名整合騎士獨力將術式吸引到自己身上，犧牲自己的性命拯救了同伴。

戰爭結束後，我才知道那名騎士就是在聖堂的薔薇迷宮交過手的艾爾多利耶·辛賽西斯·薩提汪。曾是他師父的愛麗絲，現在仍仔細地保管著艾爾多利耶的神器「霜鱗鞭」。

到了現在這個時候，而且還是在伴星亞多米娜上面，有人使用了兩百年前戰爭所使用的恐怖殺戮用術式嗎……？

像是看出我內心的疑惑一樣，耶歐萊茵也點頭說著：

「我也覺得不可能。異界戰爭裡使用的大規模攻擊術，在戰爭結束後應該全遭到銷毀了。但是……實際詠唱過的術師，當然已經把術式背起來了……也有暗地裡在某處留下術式抄本的可能性。」

「……確實如此。」

從「System call」這種起句開始的術式類似原始的程式語言，只要理解術句的意思，想要暗記、記述還是改變都不會很困難。要修改「死詛蟲」術式來產生這種黑色蚰蚓，雖然得花時間，但高等的術師應該辦得到吧。

不過現在沒有詳細調查這件事情的時間。

「現在……該拿這條蚰蚓怎麼辦呢？」

聽見我的問題後，耶歐萊茵先是發出「嗯……」的沉吟聲，然後才回答：

「冰塊融化之後可能還會動起來。但隨便下手讓它受傷的話，要是爆炸就糟糕了。桐人先生，不能用你的心念想點辦法嗎？」

「都說叫我桐人就可以了。倒是……可以使用心念嗎？」

「防止誘導彈時還有讓澤法緊急著陸時都用過了，現在才在意也沒有用啊。不過，多少壓抑一下還是比較好。」

「要我壓抑我也……」

使用心念的事象操作，要是跟這個世界的常識或者一般的想法有越大的差距，就需要越大的想像力。比如說要燃燒某種東西時，跟對象是紙或者木頭時比起來，石頭或者鐵礦的時候就得花費一番工夫。

全力運轉腦袋的話，把黑色蚯蚓連同周圍的冰塊一起消滅並非不可能。但是為了回應耶歐萊茵壓抑力量的要求，就必須順著黑色蚯蚓的屬性來操作。

「嗯……」

我一邊沉吟一邊把右手貼在冰塊上。

像3D掃描器一樣放射出極微弱的心念，然後試著觸摸黑色蚯蚓。原本會受到之前那種「侵蝕心意的黏液」阻礙，但是它似乎跟紅光一起消失了。

率先感受到的是「好冷」的感覺。那當然不是我，而是仍然活著的黑色蚯蚓本身在追求熱量。應該是產生這種擬似生命體的某個人，藉由植入寒冷這種原始的危機感，來把黑色蚯蚓設計成持續追蹤最近的熱源——比如說機龍的永久熱素——吧。

我又繼續掃描。黑色蚯蚓的肚子裡封印了四個暗素。靠近熱素後，這些暗素就是爆炸的機關嗎？也就是說撕裂澤法裝甲的並非單純的爆炸，而是沒有熱量的微小黑洞。

不先想辦法解決這些危險的暗素，就沒辦法對黑色蚯蚓的本體出手。

稍微思考了一下，我就維持著右手的心念掃描，然後左手往側面伸出。

「耶歐，給我光素。」

「……為什麼要我給，你自己做不就得了。」

即使嘴裡這麼抱怨，耶歐萊茵還是把右手的食指靠近我的手掌，在無詠唱的情況下生成一個發出淡淡白光的光素。接過光素後，我把整個手掌貼在冰塊上。

光素具備遇上鏡子會反彈但是會直接穿過透明物體的性質。耶歐萊茵以凍素生成的冰塊幾乎沒有雜質，所以光粒毫無抵抗感就沉了下去。以心念在黑色蚯蚓的身體上開了一個小洞，接著讓光素從該處滑入。

紫色的光閃爍並且消失。反屬性的暗素與光素互相抵消了。

重複了三次同樣的操作，把黑色蚯蚓體內所有暗素消滅之後，我就呼出一口又細又長的氣。這樣黑洞化的危險就解除了，不過蚯蚓本身仍活著，而且依然有追求熱量的衝動。從冰塊裡解放出來的話，將會鑽進澤法損傷的動力部，就算不爆炸也可能會塞住管線。

「嗯……」

煩惱了一陣子後，我再次掃描黑色蚯蚓的全身。

結果半透明的頭部之外，也就是除去暗素的身體上也傳回帶有微弱意識的手感。看見頭部的條紋圖案時浮現「像寄生蟲一樣」的感想，實際上寄生在頭部的正是其他生物，冀求熱量的好像就是那個傢伙。應該跟融解心念防壁的黏液是同一來源。

雙手的手指貼在冰塊上，以心念手術刀切開黑色蚯蚓頭部，然後慎重地把露出的寄生體拉出來。

「嗚哇，你在做什麼啊桐人。」

耶歐萊茵像感到很噁心般邊說邊後退一步。這時他終於沒有在我名字後面加上「先生」了，但現在沒有空對這件事有所反應。

橢圓形的寄生體以從臀部生出的細長管子插入黑色蚯蚓的體內。我在不扯斷管子的清況下一點一點將其拉出。

最後所有的管子都拉出，兩者完全分離……才剛這麼想，寄生體就在冰裡面開始不斷萎縮。看來是無法獨自生存的生物。短短幾秒鐘就失去形體，變成黃色的黏液。

「……我想這樣就解除危險了。」

放鬆肩膀的力道如此宣告，不過機士團長仍沒有靠近的意思。

「但那東西還活著吧。」

「是啊……直接連同冰塊一起壓扁的話應該就會死了吧。」

「嗚嗚……也不太想看到這一幕……」

「我也不想這麼做啊。」

當我一邊苦笑一邊準備放下右手的時候，又再次感應到極其細微的欲求。

寄生體被驅除後，黑色蚯蚓的胴體也開始放射出像是本能衝動般的感情。冀求的……果然還是熱量？等等，不是喔。不是單純的熱量來源，是更為抽象的溫暖。

發現到黑色蚯蚓的真面目時，我就猛然吸了一口氣。

「……怎麼了，桐人？」

我丟出一句話來回答耶歐萊茵的呢喃。

「這傢伙是小孩……嬰兒。」

「嬰……嬰兒？」

「才剛生出來而已。製作出這傢伙的某個人，先讓嬰兒吞下暗素，然後再讓其他生物寄生在頭部，將其改造成誘導彈。」

或許是從我的口氣裡感覺到什麼了吧。耶歐萊茵散發出有些猶豫的氣氛，然後小聲對我問道：

「桐人……你在同情這個生物嗎？」

「沒有啦，也不是這樣……但是對製造出這東西的傢伙感到火大。」

「我覺得是一樣的意思……」

我沒有回答他的質疑，再次把雙手貼在冰塊上。

黑色蚯蚓是暗屬性的人造生物。跟普通的生物不同，沒辦法用來自光素的術式回復天命。但要是直接用創造出來的暗素接觸它的話，又會因為刨除物質的性質而傷及它的體表。

幸好冰冷的冰塊在屬性上比光更接近暗一些。我集中意識，直接把冰塊中心部的一部分冰塊變換成霧狀的暗素。跟從火焰裡製造出暗素比起來，所需要的心念強度應該低多了。

看見黑色蚯蚓包裹在紫色霧氣當中，耶歐萊茵就呢喃著：

「嗚哇……無詠唱就能使出物質變換術嗎？不愧是傳說的……」

「別再說了。說起來，我的變換術跟最高司祭大人比起來根本就算不了什麼。」

如此回應之後，我才發覺這是首次在耶歐萊茵面前提及公理教會最高司祭亞多米尼史特蕾達，但機士團長只是稍微歪起脖子並沒有說什麼話。

我把視線跟意識移回冰塊裡面。正如我的預想，黑色蚯蚓以全身吸收暗屬性的霧，然後逐漸恢復天命。

我為了除去寄生生物而切開的頭部迅速癒合，開始從該處形成新的器官。並排在兩邊側面的三顆紅寶石般小球大概是眼睛吧。雖然沒有嘴巴，但是加上覆蓋身體的鱗片後，看起來不像是蚯蚓，比較容易讓人聯想到蛇。這應該就是受到兵器化手術前原本的模樣吧。

黑色蚯蚓，不對，黑蛇開始不斷在冰塊中心出現的空間蠕動著身體。頭部前端不停靠在冰塊各處，像是在尋找出口一樣。

「……你打算怎麼做？」

我對如此呢喃的耶歐萊茵說明自己的計畫。

「我想這傢伙一旦被解放就會試著回到自己誕生的地點。」

「啊……原來如此。」

面具底下的雙眸發出銳利光芒。

「只要追著牠，就能找到創造出這種東西的人……不然至少也能找出製造設施的所在地嗎？我認為是很棒的作戰……」

「問題是，牠如果以等同誘導彈的速度在空中飛翔的話該怎麼辦。」

搶先一步這麼說完後，我就用右腳輕輕敲了一下地面。

「嗯，只能拚命跑嘍。耶歐，你擅長馬拉松……不對，長距離奔跑嗎？」

「雖不至於厭惡，但也稱不上喜歡。」

「我也是。那就把這傢伙放到外面……」

說到這裡後停了下來，我接著看向東邊的天空。

平緩的山丘遠方，已經是一整片暗紅色的朝霞。太陽升起後，刻畫在黃色花田裡的漆黑滑行痕跡與白銀的澤法十三型一定很顯眼吧。

我先把左手朝向滑行痕跡，然後開始想像。

從外露的土壤裡面冒出無數的芽。這些芽不斷成長，開枝散葉並且結出花蕾，最後開出豔麗的花朵。

確認滑行痕跡消失後，我就改為把左手對準受損的澤法。從多樣的花朵裡特別選出藤蔓類型並且將意識與其同步，讓這些藤蔓爬上澤法的機體。從機體到機翼都毫無縫隙地覆蓋住後再開出花朵，巨大的機龍看起來就只像是一座小山丘了。

「……好像『呼喚花朵的荷耶』這個故事。」

面對耶歐萊茵這個評語，我眨了三次眼睛後只能回答一聲「是喔」。雖然完全是首次聽見這個故事名稱，但追問下去的話天就會完全亮了。

總之已經把該隱藏的東西全部藏好了，於是我再度看向冰塊。依然被關在裡面的黑蛇，動作似乎越來越有活力。為了慎重起見還是再次把意識集中在牠身上，果然感覺不到對我們的敵意。

「那麼，要把冰打破嘍。」

我一這麼宣告，機士團長就默默點了點頭。雖說兩個人都還穿著皮革製的機士服，但在微涼的氣溫之下跑起來也不至於感到不舒服。反倒是掛在腰部兩側的夜空之劍與藍薔薇之劍的重量比較令人在意——話雖如此，也不可能把它們放在這裡。

我心裡一邊想著「真不行的話就用心念作弊」，一邊拔出夜空之劍。

雖然不清楚星王最後一次使用這把劍後Underworld已經過了多少年的時間，但漆黑的劍身依然沒有一絲汙點。在聖堂第八十層把它插進解鎖裝置時，沒有多餘的心思注意這把過去的愛劍，這時我再度在心中對它呢喃「要再次拜託你了」，然後將劍尖觸碰冰塊的頂端。

「…………！」

稍微一用力，就傳出「嗶嘰！」的尖銳聲響。

巨大的冰塊無聲往左右兩邊分離。像鏡子般光滑的斷面，反射朝陽後發出暗紅色光芒。

兩塊冰塊倒到地面的瞬間，獲得解放的黑蛇就輕輕浮上空中。雖然完全不清楚牠是利用什麼樣的構造來飛行，不過看來傷勢已經完全痊癒了。

三對紅眼睛往下看著我跟耶歐萊茵。但就像是不感興趣般立刻轉頭朝仍是黑暗的西方天空飛去。

「要追嘍！」

邊把夜空之劍收回劍鞘邊這麼大叫，接著我便踢向地面。耶歐萊茵也立刻從後面跟上來。

幸好在空中蠕動著前進的黑蛇速度比變成飛彈時要慢多了。即使如此我們還是幾乎用盡全力來奔馳，如果是現實世界的我，大概一分鐘就撐不住了吧。當然在Underworld也是只要奔跑就會對身體造成負擔，不過還是跟持久力與物件操作權限的數值有直接的關聯。我記得耶歐萊茵的權限值是62，由於這是超越過去眾整合騎士的數字，所以他應該不會輕易感到疲憊才對。至於我的１２９這種數字，實在不想認真去考慮究竟是怎麼回事。

「耶歐，覺得累就說一聲！」

即使如此還是這樣跟對方搭話，結果立刻就得到不服輸的回答。

「你才是呢，桐人！」

那種聲音跟口氣，與亡友相似到令人吃驚的地步，讓跑著的我腳步一瞬間產生混亂。

但我還是咬緊牙根，全力往地面踢去。好不容易重整體勢後，抬頭看向藍色的天空。

在十公尺前方飛行的黑蛇，只要一個不注意似乎就會消失在拂曉的黑暗當中。現在必須全力完成應該做的事情。這也是為了在卡爾迪娜由衷希望能跟賽魯卡再次見面的愛麗絲。

對自己這麼說完後，我就稍微加快速度。

11

「半邊蓮……」

詩乃小聲這麼呢喃，同時確認這個道具名不存在於自己的記憶區裡。

但是在詢問帕特魯族的切特詳情之前，身邊的西莉卡與莉茲貝特就同時大叫：

「「半邊蓮！」」

「咦……妳們知道嗎？」

把視線移過去後，兩個人就同時不停地點頭。而且臉上滲出濃濃的恐懼與驚愕之色。

「……等級5的麻痺毒兼傷害毒的素材。」

由於西莉卡以沙啞的聲音這麼說道，詩乃不由得歪起脖子問：

「ALO裡有這種素材嗎……？」

「不是ALO。」

所有人的視線集中在用力搖頭的莉茲貝特身上。她接著說出的是完全出乎意料的內容。

「半邊蓮是在SAO裡面的喔。」

Sword Art Online刀劍神域世界消滅後已經過了將近兩年的時間，原本開在那裡的猛毒花朵為什麼會存在於Unital ring世界呢——詩乃等人先不去追究這個謎題，而是從切特那裡問出詳情。

為了攻略綠色巨大蜜蜂所需要的半邊蓮，據說會悄悄開在枯死的老樹根部。乾燥的基幽魯平原原本樹就不多，而且死亡的樹木馬上就會腐朽，所以帕特魯族的祖先沒辦法收集太多半邊蓮就敗給巨大蜜蜂了，但是賽魯耶提利歐大森林裡面的樹多到讓人感到厭煩，枯木也不會輕易消滅。實際上，光是走在森林期間，就看到許多葉子全部掉光的枯死樹木。

早知道是這樣，應該事先就收集半邊蓮了，不過RPG就是沒有早知道這種事，何況根本不知道花是長什麼樣子。由於切特也沒有實際看過半邊蓮，原本只能按照她父親傳給她的花朵特徵來尋找，但身為前SAO玩家的莉茲貝特、西莉卡、亞魯戈、克萊因還有艾基爾都曾在艾恩葛朗特見過實物。

所有人先尋找巨大的枯木，然後SAO出身的五個人再仔細地尋找周邊。最後艾基爾舉起右手說了句「找到了」，於是便慎重地靠近。

斧使的指尖所指的前方，開著一朵像是躲藏在枯木根部一樣的小花。

四片花瓣是相當美麗的藍紫色，但簡直像痛苦扭動身軀般歪斜的模樣就有點噁心了。葉子的顏色是泛紫的綠色，雄蕊與雌蕊是深黑色。

「什麼嘛，很可愛的花啊。完全看不出有猛毒耶。」

說出這種感想的是擔任「啃雜草者」隊長的迪柯斯。他蠻著鱗甲在花朵前蹲下並且伸出右手。

「啊！」

西莉卡與艾基爾同時大叫但已經來不及了。迪柯斯拿下手套捏住半邊蓮根部，當他把花摘下的瞬間。

「嘔嘎啊！」

迪柯斯就發出怪聲並且後仰。然後直接往左邊傾倒，最後側躺在地上。急忙把視線集中在他身上，結果發現亮起黑底藍花這種圖案的異常狀態圖標。迪柯斯維持僵硬無法動彈的狀態，ＨＰ還跟著慢慢地減少，所以看起來確實具備麻痺毒與傷害毒兩種效果。

「喂喂，別空手去摘呀。」

以傻眼聲音這麼說道的亞魯戈，從腰包裡取出一個小瓶子，拔開木栓後插進迪柯斯嘴內。雖然是擁有製藥技能的亞絲娜與詩乃製造出來的解毒藥水，但材料是附近採集到的樹葉與樹果，而且技能的熟練度也還很低。如果這種藥水無效的話，迪柯斯的Unital ring攻略也有可能在此結束。

原本是這麼認為，幸好ＨＰ減少三成左右就停止，過了一會兒後異常狀態圖標也消失了。

迪柯斯搖搖晃晃地撐起上半身，跟掉落在眼前的半邊蓮花朵拉開距離後呻吟著：

「哎呀，太小看它了……明明取得了『抗毒』與『抵抗』能力，只是摘下來而已竟然就中毒了。」

「不是說過了嗎，半邊蓮真的很恐怖。要是吃到的話你現在已經死了。」

莉茲貝特斥責完後，切特也以感慨良多的口氣表示：

「我還以為人族都很聰明呢。」

雖然有了節外生枝的騷動，但所有人都看見半邊蓮的實際模樣了，於是接下來就三四個人一組開始努力地搜索與採集。

下午三點時暫時集合，把花朵放進克萊因從道具欄取出的大土鍋裡。二十多人已經在相當寬廣的面積內到處尋找，但只找到裝不到土鍋一半的量，不過據切特所說，這樣已經足夠了。

在資材小屋前面設置火爐與桌子，將土鍋內的半邊蓮浸在滿滿的水裡後點上文火。由於立刻就冒出水蒸氣，在旁照看的詩乃便小聲詢問切特：

「吸到這些水蒸氣沒關係嗎？」

「沒問題。但是爸爸說絕對不能舔到煮過的汁。」

「不會去舔喔。」

露出苦笑後，詩乃就靜靜把臉靠近水蒸氣。下一刻，不像這個世界——事實上虛擬世界確實不算這個世界——的芳香就一路竄到腦袋中央，讓詩乃一瞬之間處於恍神狀態。

雖說當然沒有使用過，但那是足以讓人認為要價數萬日幣的名牌香水可能就是這種感覺的甘甜、清爽，濃密卻暢快的芳香。回過神來後，發現西莉卡、莉茲貝特、莉法等人也聚集在爐火周圍，不停動著鼻子來嗅香氣。

詩乃也不輸給她們，盡情享受過香氣後就輕嘆一口氣。

「……原來如此，確實會讓人有點想舔舔看。」

「是啊，感覺真的很甜……」

西莉卡用力點點頭。

不知不覺間，土鍋裡煮過的汁液已經變成跟花瓣同樣的藍色。相對地花瓣則萎縮變小，最後溶解消失得無影無蹤。

空手摘起一朵就差點死亡的花朵，將其煮成一鍋的分量究竟會成為什麼樣的猛毒呢？假如現在有人抓住土鍋把它往周圍撒去的話，甚至有可能殺掉在場的所有人……想到這裡後，詩乃就微微發抖。

「……我們能夠製作這種毒的話就表示其他勢力……比方說姆塔席娜他們也能製作吧。」

如此呢喃後，伙伴們似乎也思考著同樣的事情，於是一起點了點頭。就連平常總是開朗的克萊因都以咬破熊膽般的表情說道：

「在ＳＡＯ裡也被ＰＫ傢伙們的下毒手段擺了好幾次道。如果這東西真的是等同等級5的毒，那這個時間點就能製作真的有點不妙……」

「得快點開發能解這種毒的藥劑才行。」

亞魯戈如此回應時，切特就甩著細長的尾巴插話表示：

「半邊蓮的毒雖然恐怖但不用害怕喔。」

「什……什麼意思？」

在歪著頭的莉茲貝特身邊，切特把嬌小的身體後仰到極限並且說道：

「這種毒完成三十分鐘後顏色與氣味都會消失。如此一來就會變成普通的水了。」

「…………」

詩乃忍不住跟伙伴們面面相覷。

如果毒性只能持續三十分鐘的話，確實很難用在大規模的ＰＫ上。但這也就表示，毒液完成後三十分鐘以內就要開始攻略蜂窩，不對，應該說就必須完成攻略。

「切特，這個還要幾分鐘才能完成？」

聽見詩乃的提問後，帕特魯族少女就窺看土鍋，然後以嚴肅的口氣回答：

「煮到花朵完全融化就完成了。大概再五分鐘左右。」

「喂，這下可沒時間閒晃了。」

克萊因與艾基爾跑向在廣場四周談笑的眾攻略成員並且告知他們狀況。詩乃、西莉卡、莉茲貝特把素燒小瓶子並排在桌子上，然後開始把毒液分裝到小瓶子裡的作業。

老實說無法確定一次決勝負的作戰是否能夠成功。就像昨天晚上對姆塔席娜戰一樣，發生預料之外事態的可能性絕對不低。但是不論什麼狀況都不放棄思考，頑強地使用各種手段來支撐下去才是ＶＲＭＭＯ玩家的強處。詩乃從目前不在現場的桐人身上學到這一點，同伴們一定也是一樣才對。即使土裡土氣又難看，只要活到最後就是勝利者——這不論是在ＧＧＯ的「Bullet of Bullets」還是Unital ring應該都一樣。

詩乃抬頭看著布滿薄薄雲層的天空，在心裡對著應該在跟這裡不同世界戰鬥的桐人、亞絲娜以及愛麗呼喚「我們也會努力的」。

12

到目前為止，不論是在現實世界還是虛擬世界都沒有這麼拚命地奔跑過。

內心產生這種確信的我，繼續專心追著在空中飛行的黑蛇。

幸運的是不論跑多遠，連綿不絕的平坦山丘這種基本地形都沒有變化，還有會根據權限值上升的基礎體力，上升幅度比想像中還要大。跑動之後呼吸會變急促，也會感覺到肌肉疲勞，但我跟耶歐萊茵都拚命維持著現實世界的話早就已經倒下的速度。

現在想起來，兩百年前的異界戰爭時，人界軍的游擊隊與黑暗軍的拳鬥士隊都靠自己的腳跑過數百公里的距離。權限值遠比他們高的我，跑區區數十公里不可能會累垮才對。

如此激勵著自己，同時疾速奔馳了三十分鐘。

黑蛇終於開始降下高度，我以帶點祈禱的心情呢喃著：

「終於到終點了嗎？」

「如果是這樣就好……」

這樣的聲音讓我往右邊瞄了一眼。

機士團長閣下把連身機士服敞開到胸口下方，額頭上也流下幾條汗水。皮革面具看起來相當悶熱，雖然很想說「把它脫掉吧」，但感覺事關重大的我還是猶豫了起來。

沒有啦，耶歐萊茵之所以戴面具是因為「眼睛附近的肌膚對太陽光很敏感」。索魯斯目前只差一點就會完全消失在東方的稜線，所以現在拿下來應該也沒問題才對……當我這麼想的時候。

「啊，桐人，那個！」

耶歐萊茵發出緊繃的聲音，我則把視線移回前方。

現在攀登的山丘前方似乎能看見什麼。

殘留著天亮前黑暗的的巨大盆地底部，靜靜地躺著一個明顯是人工的建築物。高度大概是三層樓左右，看起來並不是太寬敞，但是旁邊併設了長應該有五百公尺的道路，不對，是飛機跑道。也就是說那是——

「……基地嗎？」

「看來是這樣……」

點頭的耶歐萊茵抓住我的右肩往下壓，我急忙彎下上半身同時前進到山丘頂端，然後在那裡趴下。

看向天空發現黑蛇一直線往那棟四角形建築物飛去，最後混在影子裡再也看不見了。幾乎可以確定那棟建築物內部存在產生那隻黑蛇的「某種東西」了吧。

「桐人，你看得見跑道的盡頭嗎？」

由於耶歐萊茵突然這麼呢喃，我便將視線往左邊移動。

跑道的盡頭有某種黑色物體正蹲在那裡。一瞬間以為是巨大的魟魚，但立刻就發覺那也是人造物。是體積甚至超越澤法十三型的大型機龍。

「……機翼特別大耶……」

我一這麼呢喃，耶歐萊茵就點頭同意。

「嗯，似乎是重視載重量而不是速度的機體。我想那個巨大的主翼底下應該有許多支撐架。」

「也就是說……對我們發射一大堆誘導彈的就是那個傢伙嘍？」

「大概吧。」

說出肯定的答案後，機士團長又壓低聲音表示：

「但如果是這樣，那就表示我們在進入亞多米娜前就被察覺了。是情報洩漏了嗎，或者是我不知道的超高性能搜敵裝置實用化了……」

關於軍事與諜報我當然是個大外行，但能夠理解這對耶歐萊茵來說也是重大的問題。不能像平常那樣隨便開玩笑把事情帶過，於是頓時不知道該如何回答。

「……桐人。我必須調查那座基地才行。這樣當然會伴隨一定的危險，你跟我一起來的話……」

「那還用說嗎，當然會跟你一起去啦。」

急忙插話這麼表示後，我就在耶歐萊茵反駁之前快速說出一大串話來。

「讓你一個人去的話真發生什麼事我也不知道該怎麼跟絲緹卡和羅蘭涅道歉，而且那裡可能也有我要找的答案。應該說……可以使用心念的話就不用特地潛入該處，我覺得直接把建築物從地面上拔起來，然後將牆壁與天花板分解開來就可以了……」

「…………」

不知道是傻眼還是佩服──我想大概是前者吧──耶歐萊茵整整三秒鐘說不出話來，最後才靜靜搖搖頭。

「不行，那裡面的傢伙即使知道我們墜機了，也不清楚我們已經找到這座基地了才對。首謀者也可能在其他地方，可以維持隱密行動的話是再好不過了。」

「確實是這樣……那麼，接下來就聽從你的指示吧。」

我做出這樣的宣言，結果耶歐萊茵就以感到懷疑的視線來看著我，不過還是立刻點頭。

「好吧。話雖如此，其實也只有一個指示。就是緊握住我的手不要放開。」

「握……握手……？怎麼說我都不是會迷路的年紀了耶。」

「不是那樣，是我要使用『空的心念』。」

「什……什麼空……？」

一時之間無法理解，只能露出狐疑的表情，結果耶歐萊茵就在我面前用手指迅速寫了「空」的漢字，不對，應該說是泛用文字。

「你說空……是什麼……？」

「之前也說過的『隱藏心念的心念』的發展形，『消除存在的心念』喔。」

「消除……存在……」

這次輪到我說不出話來了。認真地望著白色皮革面具，小聲地詢問：

「那也就是說，要想像自己消滅了嗎？」

「不，不是這樣。」

耶歐萊茵用力搖了搖頭，以警告般的聲音繼續說道：

「實際上……不可能用心念的力量來消滅自己。這是因為心念的源頭就是自己。那就像要用清掃機的吸引管來吸進清掃機本體一樣。」

——哇，這個時代也有吸塵器那樣的機械嗎？

忍不住浮現多餘的想法，我接著又點頭表示「原來如此，的確是這樣」。但耶歐萊茵嘴角的險峻感依然沒有消失。

「……但是，如果擁有像桐人的心念力，或許連這樣的常理都能夠加以扭曲。所以無論如何都不能嘗試消滅自己的心念。」

「我……我會銘記在心。」

輕舉起右手如此發誓後，我就繼續問道：

「但是，這樣的話，空的心念到底是……？」

「簡單來說，就是消除他人眼中的自己的心念……吧。不對，跟消除又有點不一樣……不知道該說是稀釋還是融合……」

「稀釋？融合……？」

在歪著脖子的我旁邊，耶歐萊茵保持著臥姿聳了聳肩。

「要詳細說明的話得花一個小時以上。現在只希望你相信緊跟著我就不會被衛兵發現。」

「知……知道了……我相信你。」

「很好。那握住我的手。」

我緊緊握住對方伸出的左手。

耶歐萊茵閉起面具底下的雙眼，呼出一口又細又長的氣。

下一個瞬間，奇妙的感覺就朝我襲來。視界中央產生類似波紋狀的搖晃，接著朝著後方穿越。自己與世界的境界變得曖昧，肉體產生輕輕擴散出去般的浮游感。

這種感覺立刻遠去，但沒有完全消失。這確實是「稀釋」。自己的存在感變薄弱了。

往旁邊一看之下，握住我右手的耶歐萊茵，雖然只有一點點，但輪廓確實在晃動。簡直就像兩個人都變成幽靈一樣。右手忍不住用力後，對方像要表示別擔心般回握住我。稀薄化的只有外表，實體似乎仍然確實存在這裡。

這種玄之又玄的現象如果是來自於想像的事象操作，那麼耶歐萊茵的心念單看強度或許比不上我，但是技術已經遠遠在我之上了。

——製作防壁、讓機龍浮起來這種程度的事情根本沒什麼了不起的喲。

我如此對自己說道，同時配合耶歐萊茵的步調走下山丘。

跟最初的印象比起來，謎樣的基地算建造得相當正式。

建築物是鋼筋與石材組合起來的堅固結構，牆壁的厚度也將近一公尺。剛才雖然說得威風八面，但光靠心念力的話絕對不可能邊哼歌邊把它抬起來。

寬大約是五十公尺，高大約是十公尺左右吧。面向跑道的西側牆壁有一扇像是機棚的巨大門扉，人類用的入口似乎是在南側，我們走去的北側也可以看到應該是後門的閘門。

閘門的兩側可以看見穿著黑色制服的衛兵。他們用雙手抱住的不是劍也不是長槍，不論怎麼看都是槍械。構造應該跟現實世界的步槍不同，但被射中的話絕對不是只會感到疼痛。

但是耶歐萊因沒有停下腳步，反而筆直地朝閘門前進。衛兵們明明應該看得見我們了，兩個人卻連動都不動。

走下山丘後，地面從花田變成砂石地。靴子踩上去後會發出刺耳的聲響，我忍不住縮起脖子，但衛兵果然沒有反應。如果耶歐萊茵所謂的「空之心念」是隱藏身形的技術，那應該無法連腳步聲都隱藏才對，正如剛才他所說明的，這應該是介入他人認知能力的超高等技術吧。

如此一來，能否長時間維持這種狀態就很令人擔心了，但事到如今也只能相信他。配合耶歐萊茵的步調，以最短路線朝著基地的後門前進。

幸運的是閘門的柵欄是打開的。雖說如果阻礙了衛兵的認知，那麼就算把門打開說不定也不會被注意到，但我可不想刻意去嘗試。

地面的砂石變成石磚。這時已經可以清楚看見衛兵面無表情的臉龐以及烏亮的步槍。

現在回想起來，我還是修劍學院的學生時，央都聖托利亞幾乎沒有這種站崗的衛兵。這是因為Underworld人絕對不會違反規則。因為不會有人入侵標明「禁止進入」的地點，所以不需要衛兵。這個原則在經過兩百年的現在應該還是不變才對，為什麼這座基地與卡爾迪娜的中央聖堂會如此戒備森嚴呢？

雖然很想詢問身邊的耶歐萊茵理由，但是忘記確認在發動「空之心念」時是不是可以講話。如果因為我而害得心念產生紊亂，導致被衛兵發現的話可就慘了。現在還是先把問題丟到一邊──雖然很多時候都就此忘記──只把意識集中在步行上。

閘門設置在建築物本體呈コ形突出的圍牆前端。因為是後門，所以寬只有三公尺左右。也就是說並肩而行的我們會通過衛兵的身邊。在SAO與ALO裡已經經歷過許多次類似的情境，不過這並非有故事大綱的任務。也可能出現其實衛兵們只是假裝沒發現，等我們靠到最近時才用槍拚命射擊的狀況。

做好萬一發生這種情況能立刻展開心念防壁的心理準備，同時走過最後的幾公尺。戴著嚴峻頭盔的衛兵視線朝向這邊，經過之後又再移回。我牽著耶歐萊茵的右手冒出汗水，不過他的左手依然相當乾燥，那種冰涼的感觸讓我稍微冷靜了下來。

──尤吉歐的手也是這種感覺。

我想著這件事，同時經過衛兵身邊，成功地入侵圍牆內側。

基地本體的後門沒有配置衛兵。悄悄打開玻璃門進入裡面後，看見一條筆直的通道往前延伸。之所以沒有守衛的待機處與訪客櫃檯，果然是因為此地並非正規設施的緣故嗎？

在通道上前進了一陣子後，右手邊可以看到一座梯廳。往上與往下──另外通道也繼續通往前方。在我思考該怎麼辦之前，耶歐萊茵就進入梯廳，在牆邊放開我的手後大大地呼出一口氣。

下一個瞬間，視界的晃動就停了下來，不可思議的乖離感也消失了。看來「空之心念」是解除了。

我小聲對反覆深呼吸的耶歐萊茵問道：

「耶歐，你不要緊吧？」

「……嗯，沒問題喔。馬上就會回復了。」

機士團長雖然這麼回答，但在黑暗的通道內也能看見他明顯變得蒼白的臉色。我在機士服的皮帶上摸索，從三連扣環上拔下金屬小瓶。打開羅蘭涅說裝有高濃度回復劑的瓶子並且遞給耶歐萊茵。

行使心念力伴隨的疲勞並不會造成天命數值減少，消耗的應該是搖光──靈魂本身，所以不清楚回復劑有多大的效果，但耶歐萊茵還是老實地接過去並且呢喃了一聲「謝謝」。

把小瓶子貼在嘴上，一口氣把它喝乾。由於回復的臉龐上就露出難以言喻的微妙表情，我便忍不住詢問：

「……那個不好喝嗎？」

「嗯……像是把西拉魯的皮醃漬在深焙的咖啡爾茶裡的味道……」

「原來如此。」

也就是濃縮檸檬咖啡嗎，我邊這麼想邊環視著梯廳。由於沒有導覽板之類的東西，因此不清楚哪一樓有哪些設施。

「……那麼，要從哪裡調查起呢？」

「你覺得呢？」

對方如此反問，我眨了眨眼睛後回答：

「那當然是地下啦。」

「為什麼？」

「進行奇怪實驗的話一定都是在地下吧。」

這麼回答完，我才回想起中央聖堂的地下就只有監牢。但那是因為亞多米尼史特蕾達猊下擁有獨一無二，唯我獨尊的精神力，如果擊墜澤法的傢伙是具備常識的壞蛋，還是會把應該隱藏的設施配置在地下吧。

耶歐萊茵似乎可以同意我的說法，只見他把背部從牆上移開並且說：

「那我們先從地下調查起吧。接下來就沒有『空之心念』了，後面的警戒就交給你嘍。」

「了解。」

互相點頭之後，我們就躡手躡腳地開始走向往地下的階梯。

13

完成的「半邊蓮毒液」剛好可以裝滿二十個小瓶子。

因為是喝上一口就會立即死亡的猛毒，有這些分量的話計算起來足以殺害一百名以上的玩家，不過綠色巨大蜜蜂看起來毒抗性相當高，何況就算叫牠們喝牠們也不會乖乖聽話。

到了這個時候西莉卡才產生該如何讓蟲子中毒的疑問，但是帕特魯族的祖先是用難以想像的方法來解決這個問題。

據切特所說，巨大蜜蜂會襲擊包含人族、亞人族在內等有許多大型動物生活的場所，然後以殺死的動物屍骸作為苗床來培育巨大的花朵。巨大蜜蜂以那種花的花蜜為食物來增加數量，最後成群的蜜蜂再飛離聚落，築起新的蜂窩。

西莉卡等人所發現的巨蛋狀空間也開了許多像是大王花般的花朵。也就是說那個地方過去是其他動物的棲息地，被巨大蜜蜂襲擊後全滅並且變成花朵的養分了。

「……這也就是說，如果那個蜂窩太大的話，一部分的蜜蜂就會為了築新的巢而出發去旅行嗎……」

西莉卡一這麼說，克萊因就以一副老江湖的表情插嘴說道：

「這就叫做『分蜂』喲！」

「現在不需要雜學知識啦。」

立刻這麼吐嘈的莉茲貝特接著又正色表示：

「到了那個時候，接下來可能就是拉斯納利歐遭到襲擊。從這方面來看，我們確實沒有太多時間了。毒液也有耐久度，得快點開始攻略才行。」

「說得也是。大家準備好了嗎？」

這次擔任聯合部隊隊長的詩乃發聲後，所有人都回答：「好了！」

在煮半邊蓮的時候，除此之外的準備已經全部完成。參加作戰的玩家總共是二十四人。將其分為三到五個人的六支小隊，然後每支小隊各分配三瓶毒液。剩下來的兩瓶由動作最快的亞魯戈與切特帶著當成預備。

囤積在資材小屋的圓木也已經移到筋力型玩家的道具欄裡。眾人分享自己攜帶的食物與飲料，飢餓(SP)值、口渴(TP)值以及活力都補充完畢了。再來就只剩下祈禱帕特魯族代代流傳下來的巨大蜜蜂攻略法能夠發揮功效。

下午三點三十分，所有人再次穿越隧道，入侵大樹枝葉所形成的巨蛋。據弗利司柯爾所說，散布在入口附近的岩石與灌木內側屬於蜜蜂的反應圈之外，所以先在那條線上以圓木築牆建立橋頭堡。接著六名隱蔽能力高的斥侯型能力玩家穿上切特他們傳授製作方法的吉利服，潛入巨大蜜蜂的棲息地。

目的是把半邊蓮毒液注入數十朵盛開的大王花——官方名稱「加魯加摩爾花」那充滿花蜜的壺狀花蕊裡。蜜蜂們被甘甜香氣所騙後吸入加了毒的蜜就會因此而麻痺。

成功的話就能大幅削減敵人的戰力，但是去下毒的玩家得冒一定的風險。由於吉利服並非完美，萬一要是在巨蛋內部被蜜蜂發現的話，可能會來不及撤退到橋頭堡就遭到殺害。

自願完成這種危險任務的，是竟然選擇「俊敏」能力的迪柯斯、虎甲蟲型昆蟲人西西、弗利司柯爾、亞魯戈、西莉卡以及帕特魯族的切特。

老實說不想讓ＮＰＣ的生命暴露在危險之中，但切特完全不聽勸告，堅持自己一定要去。由於尋找半邊蓮的方法、抽出毒液的方法與使用方法，最後還有吉利服的製造方法都是她所傳授，所以這時候也只能答應了。

在詩乃耳邊悄聲要她在緊急時刻以槍械援護切特他們後，西莉卡就跟著亞魯戈離開橋頭堡。

由於在探索大森林時升為等級17，目前獲得的總能力點數是16。因為將一半的點數保留下來了，剛才就取得「俊敏」技能樹的第4階能力「隱身」。這樣應該能大大地提升隱蔽能力才對——雖是如此，但ＶＲＭＭＯ與上一個世代的遊戲不同，經常有因為泥坑滑倒或者被石頭絆倒的危險。西莉卡告訴自己不能因為注意上空就疏忽腳底，然後慎重地前進。

西莉卡負責的是把圓形巨蛋呈放射狀分割為六等分後，以時鐘盤面來比喻是九點鐘的區域。就路線上來說，因為散布著相當高大的草叢，所以趁巨大蜜蜂不在附近時，才從這個草叢移動到下一個草叢。

天然巨蛋的直徑大約五十公尺，所以從橋頭堡到負責區域的距離只有短短不到二十公尺。花了九十秒左右抵達路線中央附近的大草叢，邊休息邊瞄了一下右側，發現自願負責最遠兩區域的西西與亞魯戈很快已經抵達巨蛋的中央部。

西莉卡只聽說過虎甲蟲這種昆蟲的名字，不過棲息在澳洲的種類，似乎是地面上跑得最快的昆蟲。正如西西的宣告，他以令人眼花撩亂的速度動著細長的腳，發揮出瞬間移動般的速度從這個草叢前進到下一個草叢。另一方面，亞魯戈那在地面滑行般流暢的動作看起來簡直就像是忍者一樣。

當西莉卡為了不輸給他們兩個人而準備離開草叢的時候。

正上方響起了「嗡——……」的沉重不祥翅膀聲。

西莉卡立刻停下動作。她一邊將全身與草叢合為一體，一邊在內心祈禱著「到別的地方去！」，但不知道為什麼翅膀聲就是在頭頂來來去去，完全沒有遠離的意思。

如果隱身遭到識破，對方應該早就襲擊過來了才對。為了確認狀況就必須把臉朝向天空，但如果因為這個動作而被盯上就得不償失了。

畢娜在橋頭堡裡跟米夏一起待機，也沒裝備會從吉利服露出來的武器或防具。拚命思考究竟是什麼吸引了蜜蜂的注意時——

左肩附近就傳來某種摩擦的聲音與感覺。

保持蹲姿緩緩伸出右手來搜尋聲音的源頭。由於指尖觸碰到某種圓圓的塊狀物，就抓住該物體把它從肩膀上扯下來拿到自己眼前。

「————！」

西莉卡用盡全部的精神力把從嘴裡迸發出來的尖叫塞回去。

在右手上胡亂揮動腳的是全長十公分左右的巨大蟲子。說是巨大，但是跟在空中盤旋的蜜蜂比起來當然小多了，不過以現實世界的尺度來看就是怪物級的尺寸。宛如球一樣膨脹的胴體是半透明，裡面塞滿金色液體。擁有細長的頭部與銳利的針狀嘴部。應該是用這樣的嘴巴刺進植物裡面來吸取樹液，甚至有可能吸取動物的血。

或許用手抓住後被判定為攻擊了吧，蟲的頭上浮出標示著「琥珀吸蜜蝨」的浮標。看來不是昆蟲而是蜱蟎，不過知道這一點後噁心感不但沒有變淡反而增加了三成。不論如何，如果巨大蜜蜂停留在上空的原因是這隻蜱蟎的話——

「……嗚！」

西莉卡只扭動左手手腕就把琥珀色的吸蜜蝨往左側丟出去。吸取大量花蜜後肚子圓圓鼓起的吸蜜蝨快速在地面滾動。

突然間，綠色蜜蜂響著特別巨大的振翅聲飛了下來。六隻腳抱起吸蜜蝨後往上空飛去。看來牠的目標果然是吸蜜蝨。再晚一點注意到的話蜜蜂就會朝西莉卡降下，那個瞬間隱蔽就會被識破。

再次仔細地眺望周圍，發現草地的各處都有同種的吸蜜蝨在行走。這應該是以準備在巨蛋內展開祕密行動的玩家為目標的陷阱。沒發現身上黏著吸蜜蝨的話，就會與瞄準吸蜜蝨的蜜蜂接觸然後被發現。

雖然想通知其他的五個人有這種危險，但又不能大聲喊叫。雖然也可以傳訊息，但切特就收不到了。

——不對，伙伴們都是經驗豐富的老江湖了，切特也是聰明又勇敢的戰士。只要注意到琥珀吸蜜蝨的存在，就會察覺其危險性才對。

如此深信的西莉卡再次開始移動。除了上空的振翅聲之外也注意地面的吸蜜蝨，走完剩下的十公尺，抵達負責的區域。

開在區域內的加魯加摩爾花共有六朵。身上帶了三瓶半邊蓮毒液，計算起來是一朵花注入半瓶就可以了。但是每朵花都不斷有蜜蜂降下來吸取累積在花蕊的蜜汁，所以必須看準時機才行。

西莉卡潛伏在距離最初的花朵大約三公尺的草叢內，往上看著聳立在巨蛋中央的大樹。

樹固然很高大，但像惡性腫瘤般貼在樹上的蜂窩雄偉的模樣也讓人感到心神不寧。出入於蜂窩的蜜蜂，光是視界內就有超過一百隻。這個世界除非我方發動攻擊，或者成為對方的目標才會顯示浮標，所以仍無法得知蜜蜂的專有名稱。

據西莉卡他們來到這裡之前就在此進行偵察的弗利司柯爾所說，蜜蜂的採蜜行動乍看之下完全是隨機，不過一朵花被蜜蜂吸完蜜後，下一隻蜜蜂至少要經過三十秒才會再來吸取花蜜。也就是說，從蜜蜂剛從花朵飛走開始就是安全注入半邊蓮毒液的時機。

近距離看加魯加摩爾花，就會發現它的模樣真的很噁心。

大一點的直徑將近兩公尺，厚實的花瓣是鮮豔的紅紫色，然後還排著滿滿的螢光綠斑點。一直盯著看的話眼睛會覺得刺痛。

記得現實世界的大王花並沒有莖，而是直接從地面開花，但加魯加摩爾花有長度與粗度都將近五公分左右的花莖，或者已經可以說是花幹。上面附著了幾隻剛才的琥珀吸蜜蝨，尖銳的嘴巴正刺進厚厚的表皮。

一看之下，一隻巨大蜜蜂飛了下來停在加魯加摩爾花厚實的花瓣上。

觸角動了一陣子後，靠近凹成壺狀的花蕊並且把頭伸進去。帶著金屬光澤的腹節以不像3

D物體的真實度伸縮著。

蜜蜂經過十秒鐘左右就把頭從花蕊裡拔出來，清潔了前肢與上顎後張開茶色的翅膀飛走了。

——就是現在。

西莉卡從草叢裡跑出來後立刻跑向加魯加摩爾花。右手拔開準備好的毒液瓶木栓，越過花瓣全力把手伸出。好不容易才抵達花蕊的洞穴，於是慎重地傾斜瓶子。

略帶黏性的藍色液體流出，接著被花蕊吸收進去。目測分量剩下一半就迅速把瓶口移回來。

但是動作太過粗魯，幾滴液體從瓶口濺出來，擦過西莉卡的右手滴落到花瓣上。

忍不住僵硬地縮起身體後才以拿在左手的木栓緊緊塞住瓶口。這時從剛才蜜蜂飛走到現在已經過了將近了二十秒。距離下一隻蜜蜂最快飛落的時間還有十秒。

西莉卡再次彎下上半身，離開加魯加摩爾花。抵達事先看好的草叢後，才呼出一直憋住的氣。

會議的時候還認為注入毒液的作業不會太困難，結果想像與實踐果然不同。如果剛才飛濺出來的毒液直接滴到右手上，那西莉卡應該會立刻麻痺，直接倒到花朵上。

雖然戴上莉茲貝特幫忙製作的鐵甲手套應該就能提升毒抗性，但是會阻礙指尖的感覺。這也是VRMMO才會有的辛苦之處。哪個伙伴取得皮革工匠技能的話，就能夠製作桐人愛用的露指手套了，心裡這麼想的西莉卡朝著下一朵花跑去。

在第二、第三、第四朵加魯加摩爾花注入毒液之後，毒液瓶就只剩下一瓶。

作戰開始到現在——不對，是半邊蓮的毒液抽取作業結束到現在已經經過十五分鐘。在毒液的效果消失之前必須盡量讓多一點蜜蜂攝取毒蜜，所以根本沒有空閒時間。

焦躁地等待著蜜蜂從第五朵加魯加摩爾花上飛去，就在西莉卡離開藏身地點的那個瞬間。

「嘰咿咿咿咿！」

從背後傳來這樣的尖銳悲鳴。

反射性回過頭去，就看到巨大影子從距離十五公尺之外的地方飛起。

最初還以為是超大型的蜜蜂，不過立刻就注意到並非如此。是兩隻蜜蜂協力在搬運某種東西。毛絨絨的一團植物……不對。

那是穿著吉利服的切特。

頭部與背部被抓住卻完全不抵抗，手腳和尾巴都軟弱地下垂，看來已經昏過去了。浮標顯示HP仍殘留八成以上，但HP條右側亮起將毒針圖案化的異常狀態圖標。應該是被蜜蜂的毒針刺中而麻痺了。

六人當中最矮小且擅長躲藏的切特，為什麼會被蜜蜂發現呢……不對，別胡思亂想了，得趕快救她。

西莉卡把右手的瓶子放到地面，接著把手伸進吉利服的懷裡，握住裝備在左腰的「高級鐵製匕首」。但蜜蜂已經飛到六七公尺的高度，就算使用跳躍系的劍技恐怕也攻擊不到對方。

「……詩乃小姐！」

西莉卡拚命壓抑聲音同時看向巨蛋南側的橋頭堡。

詩乃已經已經以單腳跪在開口處，以毛瑟槍擺出射擊姿勢。但是一秒鐘、兩秒鐘過去了，槍口仍未噴出火光。

西莉卡差點就要大叫「開槍！」，然後才終於注意到某件事。

兩隻蜜蜂覆蓋住麻痺的切特了。即使是神槍手詩乃也很難在那種狀態下只擊中蜜蜂吧。但是這樣下去的話，切特將會被帶到遙遠上空的蜂窩裡面。

這時候如果桐人跟亞絲娜在的話——！

忍不住這麼想後，西莉卡隨即全力咬緊牙根。

他們兩個人現在應該在Underworld努力著。不應該先天性反射般直接想倚賴他們，必須用自己的腦袋想辦法才行。

切特被兩隻蜜蜂發現並且受到攻擊，但是並未跟巨蛋內往來飛行的其他蜜蜂產生連鎖。兩隻蜜蜂應該沒有把嬌小的帕特魯族當成外敵而是視之為獵物吧。所以才沒有當場把她殺掉，只是用毒將其麻痺。

那麼就算被搬回蜂窩裡應該也不會立刻殺害切特吧。雖然不願意這麼想，但是被當成食物前應該還有些時間才對。這段期間將蜂群全滅的話，切特一定就能獲救了。

西莉卡以悲痛萬分的心情，把視線從由頭上被搬走的伙伴——朋友身上移開。

急忙把半邊蓮毒液注入剩下的加魯加摩爾花裡，然後丟掉空瓶子。為了回到橋頭堡而開始移動時，稍遠處就有物體墜落並且傳出砰咚的聲響。原來是麻痺的巨大蜜蜂。

由於聯合部隊成員切特受到攻擊，所以蜜蜂頭上就出現浮標。顯示的專有名稱是「Gilnaris Worker Hornet」。上面的單字不曾見過，但下面的應該是工蜂的意思吧。HP條的右側浮現黑底藍花圖案的圖標。半邊蓮的毒發揮宣傳的效果，讓本身擁有麻痺毒的蜜蜂陷入麻痺狀態。

又一隻……再一隻。蜜蜂不斷地落下。只要能讓半數的蜂群無力化，二十四人，不對，扣掉切特是二十三人的中規模聯合部隊應該就能掌握勝機。

或許是察覺伙伴的異常了吧，沒有吸到毒花蜜的蜜蜂們在上空進入警戒狀態並且到處飛行。一旦開啟戰火，巨蛋內就會立刻變成血肉橫飛的戰場。

那時候開始就沒有時間胡思亂想了。必須廣泛地把握狀況，持續以最快速度做出最佳的判斷。就像桐人、亞絲娜那樣，不過也要有自己的特色。

西莉卡跟亞魯戈、西西、弗利司柯爾、迪柯斯等人幾乎是同時回到橋頭堡。

立刻把右眼貼在窺視孔上，結果正好看到切特被搬進蜂窩裡。

——一定、一定會把妳救出來。

西莉卡如此默念後，聯合部隊隊長施乃就以凜然的聲音表示：

「戰鬥開始！建築隊、護衛隊，前進！」

14

謎樣基地裡面，整個空間籠罩在足以讓人覺得出入口的衛兵是不是假人的寂靜之中。

微弱燈光照耀下的往下階梯，即使在樓梯平台折返三四次也還沒抵達下一層樓。雖然邊走邊拚命豎起耳朵，但依然只能聽見我跟耶歐萊茵的腳步聲。

往地下走了三層樓左右的高度後，我就小聲提出忽然浮現在腦海裡的疑問。

「吶，這個地下是用人力挖出來的嗎……？」

結果耶歐萊茵就側眼對我發出像是責備也像是傻眼的視線。

「一定得現在回答這個問題才行？」

「也……也沒有啦……」

「唉，算了。像這種規模的地下工程，大概都是使用『暗素掘削工法』喔。」

「暗……暗素……？」

想著究竟是怎麼回事而準備歪頭時才注意到。

暗素解放之後就會捲進周圍的物質然後消失。地底深處的岩盤因為優先度高到不可思議，所以應該無法用暗素來削除，但反過來說土壤的優先度就比較低了。這就表示，在地面生成大量暗素然後不斷將其解放的話，就能不使用鏟子或者重機就挖出一個洞，而且不必處理剩餘的土。

「原來如此……但那不會很危險嗎？我記得必須是相當高等的術師才能做到暗素的精密控制吧？」

「正是如此。之所以能夠安全使用這種工法，是因為能承受暗素多重解放的『光素浸透鋼板』術式……」

耶歐萊茵這時唐突地中斷說明，迅速用手指著前方。

已經數不清折返幾次的下樓樓梯盡頭，可以看見一扇單開的門。看來終於來到下一層樓了，但體感上像是已經往下走了五層樓。

就算使用那個叫什麼暗素掘削工法的，這依然是相當大的工程。到底是什麼東西需要設置在如此深的地方呢？

和耶歐萊茵互相輕點了一下頭，我們便躡手躡腳走完剩下的階梯。即使來到門前面，依然聽不見任何聲音。由於門上看不見鑰匙孔，於是握住下壓式的握把，把門打開五公分左右。

從隙縫窺探後，看見一條地板與牆壁都是金屬整個外露的筆直通道。面前雖然略顯陰暗，但似乎有什麼光源的深處可以看見朦朧的亮光。

可見的範圍內沒有人影，於是便繼續把門打開潛入通道。即使腰間掛著夜空之劍與藍薔薇之劍的我壓上所有體重，腳邊的地板依然沒有凹陷。看來應該是使用了相當厚的鐵板。

跟之前一樣，耶歐萊茵負責前面，我則警戒著後面來前進。最後終於可以知道光源來自何處。前方右側的牆壁上有一部分貼著玻璃，從玻璃後面透出慘白光芒。

盡頭也有一扇門，不過設置了操作面板，所以似乎不是階梯而是電梯。也就是說那邊是正式的移動路線，我們使用的是緊急逃生梯嗎？通道沒有任何岔路，所以有人從電梯裡出來的話根本無處躲藏。那個時候只能讓耶歐萊茵再次使出「空之心念」了，但他的臉色尚未完全恢復。說不定包含對於日光敏感在內，都顯示出他的身體原本就不是太好。

只有這一點跟外表看來柔弱實則強健的尤吉歐不一樣……心裡這麼想的我追著機士團長的背影。

在飄著些微鐵鏽味的通道上小心翼翼地前進，抵達右側牆壁貼著玻璃的地點。下方一公尺左右仍然是鐵牆，於是我們就蹲在鐵牆後面，然後兩個人一起悄悄地把頭抬起來。

「…………！」

下一刻，眼裡就看見意料不到的光景，我差點就忍不住叫出聲音。

玻璃後面是一間長形小房間，正面的牆壁也貼著玻璃。其後方是近似體育館的空間——廣大地板的中央可以看到有點難以置信的存在。

發出微弱烏光的黑色鱗片。捲成一團的長大身體。末端變細的尾巴，以及呈銳利菱形的頭部。

是一條蛇。而且尺寸大到不可思議。胴體有兩個大人合抱那麼粗，長度雖然很難想像，不過應該不低於二十公尺吧。光看體長的話應該超越整合騎士們所乘坐的飛龍。

「……神獸……」

身邊的耶歐萊茵以帶著敬畏的聲音這麼呢喃。

神獸。那是遙遠的過去棲息在人界各地的巨大生物——以遊戲風的說法就是專名怪物。但是聽說牠們大部分都被受到最高司祭亞多米尼史特蕾達命令的整合騎士討伐，變成神器這種強力武具的素材了。就我自己曾經親眼目睹的，像是艾爾多利耶的「霜鱗鞭」以及迪索爾巴德的「熾焰弓」就是來自於神獸的神器。

「這……這個時代也有神獸嗎？」

忍不住這麼詢問後，現在統率整合機士團的青年就輕輕點頭表示：

「當然有了。但所有神獸都受到星界法嚴密地保護，甚至連進入牠們的支配領域都是禁止事項。像這樣將其關在地底深處，完全是連神明都會暴怒的野蠻行徑……」

耶歐萊茵所說的神明，指的應該是創世神史提西亞吧。想起身為「中之人」的亞絲娜令人放鬆的笑容，就被一股奇妙的感覺襲擊，不過我還是先回答「這樣啊」，然後繼續觀察。

大房間的地面有幾條分為紅色與綠色的管子到處爬，其中兩根還插進大蛇嘴裡。另外也使用粗大到像是木樁的針來直接連結在胴體上的管子。大蛇應該不是單純睡著，而是經由管子流入的藥劑來讓牠陷入昏睡狀態。

至今為止在許多遊戲世界裡殺過無數怪物的我或許沒有資格感到憤怒，但我還是忍不住握緊雙拳。就在這個時候。

耶歐萊茵觸碰我的右肩，然後又用那隻手指著大蛇的頭部附近。

「那裡……是不是有東西在動……？」

「咦……」

瞇起雙眼後，凝視著大蛇整個癱倒在地板上的頭部。

巨大頭部形成的影子裡確實有某個東西在動。雖然因為隔著兩片厚厚的玻璃而無法看清楚，但在大蛇的鼻尖不停蠕動的那個——說不定是……

「耶歐，那是我們在追蹤的黑蛇吧？」

「啊……確實有可能……不過，牠是怎麼來到這樣的地下？」

也難怪機士團長會有這樣的疑問。把左臉頰貼在玻璃上往上看後，發現跟地板與牆壁同樣是鐵板外露的天花板角落，設置了一個安裝了天窗的開口處。

「如果那是換氣孔的話，應該會通往建築物的屋頂才對。」

我一這麼呢喃，耶歐萊茵也把臉貼在玻璃上同時點著頭說：

「確實如此。也就是說，黑蛇是在這個地方誕生……不對，說不定……」

耶歐萊茵說到這裡就停了下來，但我已經知道他想說些什麼了。

製造出黑蛇的「某個東西」，正是被迫陷入昏睡狀態的巨大神獸吧。管理這個設施的傢伙，以某種手段讓捕獲的神獸生下孩子，然後在那個孩子，不對，應該說嬰兒的頭部植入寄生蟲，再讓牠吞入好幾個暗素到肚子裡來製造出生體導彈。

如果是神獸的孩子，就算剛出生也會有比較高的天命值，而且擁有飛行的特殊能力也不是什麼不可思議的事。何況這樣還能省去培育的程序，以兵器的素材來說當然是極為優秀，但是先不論星界法，這樣的做法可以說冷酷到令人難以相信是人類所為。

幼蛇應該是想叫醒母親吧，只見牠以尖銳的鼻尖不停戳著大蛇的嘴角。但大蛇仍是一動也不動。

仔細一看之下，大蛇頭部側面也並排著三個被深灰色膜所蓋住的眼窩。膜下面的眼睛一定跟嬰兒一樣是紅寶石色的吧。但是不想辦法解決流入嘴裡的藥劑，大蛇就不會醒過來。

「耶歐……該怎麼辦？」

即使我這麼問道，機士團長也沒有立刻做出回答。

經過五秒左右後，他才用很悔恨般的聲音呢喃：

「……很遺憾，現在沒有立刻拯救那隻神獸與小孩子的方法。既然知道基地的地點了，還是先回到卡爾迪娜，向星界統一會議報告後組成正式的調查團……」

當耶歐萊茵說到這裡時，就透過玻璃聽見細微的金屬聲。

急忙把視線移回大房間裡面，結果設置在從我們這邊看過去算是左側牆壁上的厚厚門扉緩緩打開。從後面出現兩道人影。身形之所以特別矮壯，是因為穿著類似現實世界化學防護服般完全覆蓋住全身的服裝。

兩個人筆直地朝神獸靠近。走在前面的防護服，右手似乎拿著長長的金屬棒。

在母蛇嘴角附近跳動的幼蛇仍未發覺兩個人。忍不住在內心喊著「快逃啊」，但是當然無法傳遞出去——

走在前頭的防護服把金屬棒朝幼蛇伸去。結果前端的老虎鉗狀器具迅速伸長，牢牢地夾住蛇的胴體。

蛇就像被火燒到般不停亂動，但終究無法逃離鋼鐵的老虎鉗。金屬棒恢復成原來的長度，接著防護服們就高舉著捕獲的幼蛇開始談起話來。

雖然拚命豎起耳朵，但是距離達二十公尺而且還隔著兩片玻璃，所以完全聽不見聲音。對耶歐萊茵使了個眼色後直接彎著腰在通道上前進，打開鄰接窗戶的門，潛入應該是觀察神獸用的小房間裡。

結果從設置在牆壁上部的類似擴音器的箱子裡傳出了極細微的說話聲。兩者應該都是男性。

「……不可能擅自產卵啊。上次給予促進劑是八天前，肚子裡的卵要成長到最低限度的大小應該還要兩週才對。」

「但如果是這樣，那這隻幼體究竟是從哪裡來的？你不會說是採卵時錯漏了吧？」

「以採卵的程序來看這實在不太可能……不論如何，必須緊急加以處置。要再次對這隻幼體施行誘導彈化處置嗎？」

「不行，已經超出能夠進行處置的尺寸了。就算現在讓蟲寄生，也無法完全支配腦部。看來只能處分掉了。」

從他們的動作來看，丟出這句話的應該是沒有拿金屬棒的那個男人。他打開著裝在防護服腰帶上的盒子，從裡面取出大型的注射器。

「好好壓住啊。」

對拿著金屬棒的搭檔這麼說完，男人便打開注射器的蓋子。或許是察覺到危險了吧，幼蛇更加激烈地掙扎，但是脖子被老虎鉗狀金屬器具牢牢夾住而根本無法脫身。

男人緩緩把注射器靠近幼蛇。

銳利的針頭迫近幼蛇的喉頭。

瞬間——

注射器的針隨著尖銳聲音從底部折斷，遲了零點一秒後注射器本身也粉碎四散。

「嗚喔！」

「怎……怎麼回事！」

穿防護服的男人們以後仰姿勢飛退的同時，我跟耶歐萊茵也一起發出「啊」一聲。

迅速藏身在窗戶下方後就默默面面相覷。粉碎注射器本體的是我的心念，但折斷針的不是我，然後在這種狀況下除了機士團長之外就不可能有別人會這麼做了。

明明說過「怎麼，你在同情這個生物嗎？」……很可惜的是根本沒有多餘的心思來做出這樣的指責。突然間，刺耳的警報聲響徹整個小房間，不對，應該是響徹整座基地吧。

反射性窺看大房間後，發現防護男們正丟下注射器殘骸與附加老虎鉗的金屬棒跑回左側的門。獲得解放的幼蛇潛入昏睡的大蛇頭部下方。雖然暫時救了幼蛇的命，但是一點都不覺得高興。

「糟糕……剛才的心念被探測到了。」

我急忙對如此呢喃的耶歐萊茵問道：

「怎……怎麼辦？要逃走嗎？」

「不……我們使用心念的時間非常短暫，他們應該無法掌握正確地點才對。與其急急忙忙地移動，倒不如躲在這個房間裡還比較好。」

「但……但是，這裡也……」

我的話還沒說完，通道那邊就先傳出空氣被高壓噴射出來般的聲音。趴著撲向通道側的玻璃，朝著前方窺探後，發現設置在電梯操作面板上的樓層數顯示器有動靜了。

我回到原來的地方，說出剛才中斷的內容。

「……這裡也會有衛兵出現吧。」

「別擔心。我再用一次『空之心念』。」

剛這麼回答完，耶歐萊茵就抓住我的左手用力把我拉過去。

變成把頭靠在機士團長閣下右肩的姿勢，讓我產生不小的動搖，但因為背部被牢牢按住而動彈不得。

之前那種不可思議的感覺再次降臨。肉體稀薄化，宛如霧一般擴散開來。被壓在耶歐萊茵身體上的部位，其接觸感也變得曖昧，開始搞不清楚哪個部分才是自己……

突然間，一道足以令人感到疼痛的冷氣貫穿我遭到稀釋的知覺。

不對，不是單純的冰冷。硬要說的話，大概是一邊把所有熱量與光侵蝕殆盡一邊捲動的黑暗火焰——

背後傳來開門的聲音。

我稍微動了一下臉龐，試圖以彷彿波紋般晃動的視界捕捉冷氣的源頭。

擦得跟鏡子一樣亮的黑色皮靴踩到鋼鐵地板上，在持續響著的警報聲中發出「喀喀」的無機質聲響。

15

「掩體B，耐久度四十％！」

詩乃眼前，霍格邊揮舞單手劍邊這麼大叫。

兩人的左側蓋了一棟以兩根支柱斜抬起大梁，再由左右兩邊以圓木支撐並且只用繩索固定的簡樸小屋——露營用語似乎是稱為「A-Frame Shelter」。後方只設置了能直接通行的出入口，沒有門、窗以及地板，雖然是以最低限度的素材建造但耐久度卻頗高。

但持續顯示在牆上的能力值視窗的耐久度，已經從最大值的4000減少到1600左右。停在牆上的幾隻巨大蜜蜂——專有名稱「Gilnaris Worker Hornet」正以銳利上顎啃噬圓木來給予小屋傷害。

「我馬上修理，再撐一下！」

從右邊傳來迪柯斯這樣的聲音，霍格則回叫了一聲「拜託快一點啊！」。接著趁勢將單手劍全力往斜下方揮落，把急速降下的巨大蜜蜂彈了回去。

蜜蜂在不停旋轉的情況下被轟飛，但立刻在空中攤開翅膀與腳來穩住身形。

下一個瞬間，詩乃以毛瑟槍的準星瞄準六隻腳的底部並且扣下扳機。

「噹嗯！」的清脆炸裂聲響起，發射出去的子彈貫穿了昆蟲型怪物共通弱點的胸口正中央。蜜蜂的ＨＰ條歸零，在空中一瞬間靜止，然後變成無數的藍色多邊形四散。

「Nice shot！」

在背後這麼說的，是修理完蓋在戰場右側的掩體Ｂ後跑過來的迪柯斯。他無視貼在掩體Ａ上的近十隻蜜蜂，擊點出入口附近的圓木。出現的視窗下方並排著【情報】【交易】【修復】【分解】等四個按鍵，毫不猶豫就選擇修復之後，就出現三十秒的倒數視窗。

迪柯斯在倒數計時中要是從現在的位置移動或者受到重大傷害的話修復就會失敗，但是霍格巧妙地擋開靠近的蜜蜂。最後倒數來到零秒，整間小屋在發出淡淡光芒的同時，耐久度也恢復為最大值的４０００。

雖然牆壁上仍停著將近十隻蜜蜂，所以剛回復就會再次開始減少，但還是刻意無視啃噬圓木的蜜蜂。因為這間小屋除了是讓受傷的伙伴喝藥水的避難所之外，同時也是吸引蜜蜂不讓牠們參加戰鬥的陷阱。

雖說因此而讓掩體遭到破壞就得不償失了，但是目前負責修復的迪柯斯與西西仍成功維持著三座掩體。再來就得看事先準備好的修復用圓木與細繩是否能撐到戰鬥結束了。

詩乃思考著這些事情，同時結束毛瑟槍的裝填。

雖然有許多子彈，但火藥只剩下四十幾個。麻煩的是蜜蜂的數量仍然沒有減少的跡象。

「裝填ＯＫ！」

這麼大叫完，負責護衛的霍格就用力豎起握著劍的右手拇指。

兩人前方有由主攻擊手艾基爾、克萊因、莉法等前ＡＬＯ組還有薩利翁等前昆蟲國度組，再加上巴辛族戰士們橫向排成一列築起的戰線，與從空中湧至的巨大蜜蜂進行著激烈的戰鬥。艾基爾與克萊因的行動果然相當有安定感，象兜蟲人薩利翁與鍬形蟲人畢明古烏亮的甲殼可以抵擋蜜蜂的毒針。從這些點來看，輕裝的巴辛族就讓人有點……不對，是相當不安，不過他們似乎不是首次跟蜜蜂型怪物戰鬥，只見他們以靈巧的腳步迴避毒針攻擊並且迅速加以反擊。優秀的戰鬥模樣跟在ＧＧＯ裡僱用的ＮＰＣ傭兵比起來，可以說讓人感受到ＡＩ的等級具有根本上的差異。

戰鬥開始之後已經過了五分鐘以上，攻擊手群仍未有人遭到麻痺。但是要連急速下降的噬咬攻擊與身體撞擊都躲開是件很困難的事，顯示在視界左側的前衛成員，ＨＰ持續遭到削除。

「友申，退下來回復！」

詩乃一這麼大叫，迪柯斯的同伴長槍使就算準時機離開戰線，朝最近的掩體Ｃ衝刺。

像是與他交替般從掩體Ｂ出來的蚱蜢人尼帝以黑色複眼看著詩乃說了一句「I'm in.」。

「OK,to the left.」（了解，去左邊吧）

如此指示後，尼帝就默默點頭跳著往友申離開的位置跑去。目送他的背影離開後，詩乃悄悄對於一次就能傳達意思鬆了一口氣。

雖然比不上亞絲娜以及桐人，但詩乃還是對自己的英文能力有一定的自信，不過在學校的考試裡得到高分與跟英文母語人士對話果然不一樣。一開始就參加ＧＧＯ北美伺服器的話，現在說起英文來說不定會更加流暢一些……一瞬間雖然這麼想，但這樣的話就不會在日本伺服器的大混戰（BoB）大會裡遇見桐人，當然也就不會跟亞絲娜他們變成朋友，必定現在也不會在這裡跟巨大蜜蜂戰鬥了吧。

邀詩乃到ＧＧＯ的鏡子，也就是新川恭二，在三個月前被收容到醫療少年院——正確來說是少年矯正醫療教育中心。雖然死槍事件中他屬於從犯，但是出現多達四名犧牲者，所以收容期間似乎會相當長。

詩乃雖然一度前去會面，但是沒能跟恭二見面。雖然覺得只要有某些……真的只要有一點點改變的話，說不定他就不會跟那種事件扯上關係，但也有一切全是無法改變的感覺。

至少可以確定的是，Sword Art Online刀劍神域絕對存在於一切的中心。不論是死槍事件、Alicization計畫，以及這個Unital ring事件，追根究柢起來都會回到ＳＡＯ事件。

究竟這次會不會成為最後一幕呢？還是說，連這都只是過程而已？

想知道答案就只有活著抵達世界中心——「極光指示之地」。然後如果弗利司柯爾所說的大陸是多層構造的情報為真，那麼不攻略這個蜜蜂窩就無法爬上下一層。

得集中精神才行。

甩開閃過腦袋的雜念，詩乃架起毛瑟槍。

附著在巨蛋中央大樹上的蜂窩裡不斷有綠色巨大蜜蜂湧出，十名左右的前衛部隊之所以勉強能夠應付這種情況，全都是因為一開始就有一半以上的蜜蜂中了半邊蓮的毒而麻痺了。視線往下移後，看見前方地面躺著數不清的蜜蜂，翅膀與觸角正不停地抖動。

全是託確實完成危險任務的西莉卡、亞魯戈以及切特等人的福，正因為這樣才絕對得救出被蜜蜂擄走的切特。目前她的ＨＰ條雖然仍維持八成，但是處於隨時都可能被當成幼蟲飼料的狀態。

等到蜂窩不再有新的蜜蜂湧出，在收拾完地面的蜂群後就能去救切特了。但是把蜂窩內的蜜蜂清空前地上的蜜蜂就先復活的話，就反而得撤退了。

忍不咬緊牙根的詩乃，耳朵聽見了充滿元氣的聲音。

「久等了！」

從右側的掩體A衝出來的是完成ＨＰ恢復的莉茲貝特。

「到中央去！克萊因，後退！」

聽見詩乃的指示後，彎刀使叫了一聲「了解！」就離開戰線。霍格以跳躍斬來迎擊逼近的巨大蜜蜂。

由於剩下的ＨＰ不多，蜜蜂不用詩乃射擊就四散了。看見這一幕的克萊因，沒有進入掩體裡面就在出入口旁邊喝起藥水。

「詩乃乃啊，目前看起來很順利嘛！」

「不是說過再這麼叫我就把你燒掉嗎？」

詩乃以食指嚴厲地指著對方，克萊因則咧嘴笑了一下，但立刻就正色瞥了持續咬著掩體牆壁的蜜蜂一眼，確認自己的ＨＰ後又看著前方二十公尺上空的蜂窩。他果然也擔心切特。

由於蜂窩應該也設定了耐久度，真的沒辦法的話也有用黑卡蒂II把它破壞掉的方法。但目前無法補充的12.7毫米彈只剩下五發，而且也可能誤射蜂窩中的切特。

此外雖然Gilnaris Worker Hornet確實是強敵，但是前往世界中心的路途中應該準備了許多更為艱難的試煉。沒有能以正攻法把這些難關全都突破的力量，就無法與飛鳥帝國、世界終焉之日以及來自其他眾多世界的強者並肩為伍了吧。

——沒問題。一定能贏的。

詩乃對自己這麼說道，同時持續拚命地指揮與射擊。

又過了幾分鐘，當火藥的庫存剩下不到三十個時，終於不再有蜜蜂從蜂窩裡湧出了。

「增援結束！處理完現在在飛的蜜蜂，就解決停在掩體還有在地面上陷入麻痺狀態的蜜蜂吧！」

詩乃立刻這麼大叫，攻擊手們也威風凜凜地做出回應。

到目前為止持續了將近十分鐘的戰鬥裡，他們連一次都沒被毒針刺中，真的只能感嘆眾人的實力。雖然蜜蜂的攻擊前動作很明顯射程也短，用盾格擋或者後退迴避都不是太困難，但一定得有強韌的精神力，才能沒有經過練習便持續在大規模戰鬥裡辦到這件事。

從這方面來看，桐人小隊最大的優勢可能就是至今為止克服過各種事件與試煉的經驗。當然，這幾天加入了許多新的同伴，然後今後也會繼續增加才對，每當越過一個障壁時隊伍的羈絆應該也會跟著變強。

然後到了最後的最後，應該就是這個部分會遭到考驗。

詩乃想著這些事情，同時結束毛瑟槍的裝填，隨即把推彈桿拔出來。

抬起臉的瞬間，就有一道低於冰點的戰慄感竄過背肌。

增援用盡的蜂窩，有某個物體正準備從最高處的洞穴裡現身。

從內側衝破直徑能讓麻痺的切特輕鬆通過的蜂窩後出現的，是擁有彎曲複眼、三個單眼以及恐怖口顎的蜜蜂頭部。不過跟至今為止擊倒的蜜蜂比起來，現在現身的頭部隨便都大了四五倍左右。

頭部出現後接著是烏亮的胸部與六隻腳，然後是大大鼓起的腹部。最後則是長度與一般長劍差不多，在透過樹葉照射下來的陽光照耀下閃閃發亮的毒針。

緩緩從蜂窩表面爬下來的超巨大蜜蜂，全長輕鬆就超越兩公尺。頭上與腹部的綠色都像翡翠般鮮豔，折疊起來的翅膀則帶著橘色。顯示在頭上的HP條共有三條。專有名稱是「Gilnaris Queen Hornet」。

「……出現了嗎，女王蜂。」

詩乃背後的克萊因低聲沉吟道。

既然是對付一整個蜂窩的蜜蜂，早就預料到會有這樣的發展。但是女王蜂所破壞的蜂窩裡面仍可看見蠢動的影子。

接著現身的是體積雖然比女王蜂小，但是具備流線體型與發達上顎的蜜蜂。名字是「Gilnaris Soldier Hornet」。而且是四隻。

女王蜂與兵蜂同時從蜂窩飛起來。

五隻蜜蜂發出遠比工蜂低沉、厚重的振翅聲並且組成編隊來飛行。牠們緩緩在巨蛋內的上空盤旋，呈螺旋狀降低高度。

詩乃迅速環視周圍來確認狀況。

空中的工蜂幾乎全部驅逐完畢。但是地面仍有近百隻中了半邊蓮的毒而麻痺的工蜂。從蜜蜂的動作觀察起來，麻痺再過一兩分鐘就會開始解除了吧。除了女王與其護衛之外，再被如此大量工蜂包圍的話，聯合部隊根本撐不了多久。

如此一來，我方也是出王牌的時候了。

詩乃迅速回頭大叫：

「西莉卡，輪到妳出場嘍！」

「好的！」

大小兩道影子隨著立竿見影般的回答從巨蛋最南端的隧道衝出來。比較小的身影當然是把茶色頭髮綁成兩條辮子的短刀使。而較大的則是身披黑褐色毛皮的四腳獸。

在詩乃的指示下，西莉卡與她的寵物尖刺洞熊米夏至今為止都沒有參加戰鬥，只是在安全的隧道內待機。考慮到萬一在戰鬥中出現魔王怪物的話，就需要能擋下這種壓力的強大預備戰力，所以才想出這條溫存戰力的計策，但這是唯一的一張王牌。接下來就是不允許有一絲判斷錯誤的完全總體戰。

「西莉卡與米夏去拉女王的仇恨，確認攻擊的壓力！艾基爾、克萊因、薩利翁與畢明古、莉茲、莉法、迪柯斯、霍格等人，兩個人一組來對付一隻護衛！除此之外的所有人掃除工蜂！」

詩乃以最快速度下達指令後，從各處都傳出「喔！」的聲音。

背上坐著西莉卡的米夏從右側一邊踩出地鳴聲一邊往前突進。ＨＰ回復的克萊因也不輸給他們，直接大步跑了起來。

眼前的霍格也往前踏出一步，但又迅速地回頭說道：

「詩乃乃，裝填中不需要護衛嗎？」

「別擔心，危險時我會使用雷射槍。」

拍了一下左腰的獵戶座ＳＬ２給對方看後，霍格就苦笑著點了點頭。

「了解，不過還是要當心喔！」

詩乃點完頭後，單手劍使這次就真的朝克萊因追了過去。

——這場戰鬥結束之後，一定要確實地灌輸男生們「禁止詩乃乃」的觀念。

如此下定決心後，詩乃就把裝填完畢的毛瑟槍對準往下降落的女王蜂。

16

喀滋、喀滋……喀滋。

擦得烏亮的黑色皮靴斜向橫越小房間地板後，在觀察關著神獸的大房間窗戶前停下腳步。接著又有兩個人從同一扇門入內，踩著整齊的腳步排列在第一個人後方。刺耳的警報像是配合他們的時機般停了下來。

蹲在窗戶正下方的我與耶歐萊茵，距離眾入侵者只有三公尺左右。即使腦袋清楚知道託耶歐萊茵「空之心念」的福變成透明人，還是忍不住屏住了呼吸。

雖然連移動臉龐都感到猶豫，但也不能一直都看著下方。在小心翼翼不發出聲音的情況下改變臉龐的方向，讓入侵者——正確來說入侵這座基地的是我們——的身影進入視界當中。雖然心念薄紗的副作用讓所有物體的輪廓都像煙一樣晃動，但因為對方就在眼前，所以勉強能確認到細部。

站在後方的兩名護衛般人員，身上穿著跟地上閘門的衛兵一樣的深灰色制服。但沒有配備粗獷的步槍，左腰上掛著細長的劍。因為戴了帽沿較長的帽子，所以眼睛附近被陰影遮住了，但兩人應該都是二十到三十歲左右的男性。

但是在護衛們前方望著大房間的人物則無法立刻判斷出是男是女，以及究竟是不是年輕人。

對方穿著下襬來到膝蓋下方的暗灰色大衣。三條細線的袖章與附有裝飾緞帶的肩章是冷冽的銀色。雖然沒有戴帽子，但是因為較高的立領與茂盛的波浪狀黑髮而只能看見堅挺的鼻梁而已。身高只比我跟耶歐萊茵高一點。

三人所穿的服裝，色澤跟整合機士團的深藍色制服、聖托利亞衛士廳的灰色制服以及中央聖堂警備兵的白色制服都不一樣。

耶歐萊茵之前曾說過亞多米娜也設置了軍司令部。如此一來，三人的制服可能屬於Underworld宇宙軍亞多米娜駐紮部隊，但如果是這樣的話，以強硬手段讓大蛇型神獸產下幼蛇來進行殘酷的生體實驗，而且還試圖擊落澤法十三型的就是亞多米娜軍了。

雖然懊悔沒有向耶歐萊茵詢問基地閘門的衛兵制服屬於哪一個單位，但一切都太遲了。機士團長現在用右手緊抱住我並且反覆著急促的呼吸，根本不是能提出問題的狀況。

為了突破閘門而使用「空之心念」後，耶歐萊茵就疲憊到臉色變得一片慘白。現在沒有隔太久就被迫再次發動，所以精神力應該每一秒都持續遭到削弱。雖然考慮過由我抱著耶歐萊茵脫離這個房間，但應該無法連門的開合都瞞過對方的眼睛。現在能做的就只能祈禱三個人能盡快離開房間了。

但是——

「……檢測出高強度異常心念的是這一層的心念計沒錯吧？」

穿著大衣的人物在視線仍看著大房間的情況下這麼問。

有些沙啞的聲音帶著中性的特質，依然無法得知究竟是男是女。後面其中一名護衛以緊張的聲音回答：

「是的，正是如此，閣下。一樓與屋頂的心念計也有反應，但顯示最高數值的是在地下。」

接著另一個人也開口表示：

「而且研究員也報告了原因不明的事象。」

「原因不明？」

「在隔離室準備用藥殺害神獸幼體時，注射器就破裂了。研究員認為是神獸使用了心念，現在拒絕從分析室出來。」

「唔……」

「閣下」在立領後面低下頭，看起來像是在思考些什麼，突然間右腳退後，身體朝向這邊。

波浪狀黑髮劇烈翻動，露出了原本隱藏住的臉孔。

當我觸碰到這個人物的氣息時，就聯想到劇烈捲動的黑暗火焰，但本人卻有著不符合這種印象的冰冷美貌。長長的睫毛點綴細長的雙眸，單薄的嘴唇是鮮豔的紅色——然後眼睛是帶著銀色線條的藍紫色。

有著冰之顏色的雙眸筆直朝向這裡的瞬間，我跟耶歐萊茵就全身緊繃了起來。

但視線直接經過我們，朝向通道那邊的玻璃窗。

「……確定『阿普斯』擊墜了敵方機龍嗎？」

「閣下」的這句話，讓我把快要從喉嚨吐出的放心氣息吞了回去。

這樣就確定對澤法十三型發射誘導彈的是這些傢伙了。順便也得知黑色大型機龍的名字，但是不清楚意思。

問題是，對方是否知道操縱澤法的是整合機士團長兼星界統一會議評議員耶歐萊茵・哈連茲卻依然發動攻擊——

「是的，目視到暗素屬性的爆炸與黑煙後得到確認。為了慎重起見派遣了搜索隊到推測墜落地點，但現在仍未接到有所發現的聯絡。」

其中一名護衛如此回答後，「閣下」就再次轉向大房間也就是隔離室。

「那麼，搭乘者就有可能在墜落前脫離吧。」

「但是……就算搭乘者生存，不要說入侵本基地了，應該連發現都不可能吧。」

「唔……」

「閣下」雖然點頭，但還是以告誡護衛們的口氣繼續表示：

「但是，心念力正是能夠改變這種不可能的力量。太相信心念計與抗心念裝備的話，可能會一敗塗地喔。」

「是……閣下——您的意思是已經有人入侵基地了嗎？」

「嗯，這就難說了。」

黑髮麗人輕輕歪著脖子的瞬間。

我感覺到背肌凍結般的戰慄，反射性以右臂把耶歐萊茵拉過來，以盡量不發出聲響的速度讓身體倒到地板上。

下一刻，「閣下」的右手就伸入大衣內側，拔出吊在左腰的軍刀朝這邊揮出。

明明距離軍刀的攻擊範圍還有兩公尺以上，卻明顯感覺到透明的衝擊掠過鼻尖。右側的金屬牆爆出白色火花，刻劃出一條細線後繼續貫穿前方。這凌厲的一擊甚至足以讓我因為沒有先天反射使出心意防壁而感到震驚。

之所以能勉強避開，完全是因為使出的是橫向斬擊。如果朝我跟耶歐萊茵躺的地點又來一發直向斬擊的話就避不開了。

像熱氣般晃動的視界中央，麗人緩緩把右手拉回去——接著發出「鏘」一聲清脆的聲音把軍刀收回鞘裡。

「閣……閣下，怎麼了嗎？」

麗人輕輕揮手制止驚訝的衛兵們。

「沒什麼——斯基恩、多姆伊，回到一樓強化正面與後面的警備。為了慎重起見，我去查一下隔離室。」

「那麼我們也……」

「不用了。快去！」

聽到嚴厲聲音如此命令的瞬間，兩個人就像彈起來般挺直背桿，回答了一聲「是！」之後就離開小房間。

目送他們離開後，「閣下」就走向設置在左側牆壁上的門。那扇應該是通往什麼分析室之類的門吧，對方把手伸向握把型門把，但手突然停了下來。

「閣下」準備再次看向這邊，我則硬是把視線從他的側臉移開。因為直覺連注視都會造成危險，這麼做可能還是有效果吧，最後就聽見轟隆轟隆的沉重橫移聲。

清脆的鞋聲。門再次移動，接著響起彈簧鎖扣上的金屬聲。再來腳步聲逐漸遠去並且消失。

下一刻，覆蓋在視界的熱氣就蒸發得無影無蹤。耶歐萊茵解除了「空之心念」。

我輕輕拍著依然趴在自己身上的機士團長的背部。

「辛苦了，得救嘍。現在就先到基地外面……」

這次真的呼出放心的氣息同時這麼呢喃著，就在這個時候。

耶歐萊茵整個人癱軟般從我的胸口滑落。

17

女王蜂——「Gilnaris Queen Hornet」第一個動作，並非西莉卡事先預測的身體撞擊、噬咬或者毒針攻擊。

在五公尺左右高度盤旋的女王，將像是裁斷機的口顎整個打開，接著從該處放射出異樣的聲音。

像是無數粗糙金屬片互相摩擦般，讓人極度不愉快的高頻率。襲擊鼓膜的壓力強大到讓人難以相信是AmuSphere直接送入腦袋的虛擬聲音，西莉卡反射地用雙手塞住耳朵。坐在右肩上的畢娜也發出細微的悲鳴。這就系統上來說不是異常狀態而是凌虐感覺類的攻擊，但從未體驗過如此強大的威力。

左右兩邊的同伴也做出完全一樣的動作。連可以說是最老牌ＶＲＭＭＯ玩家的西莉卡都首次嘗到這種不舒服的感覺了，霍格他們應該更是大吃一驚吧。連外表看起來沒有耳朵的昆蟲人薩利翁與畢明古都按住臉龐兩側，但根本沒有多餘的心思為這一幕感到有趣——

振動翅膀發出「嗡！」一聲後，四隻兵蜂一起往前突進。雖然是單純的身體撞擊，但是跟人類身體同樣尺寸，而且包裹著堅硬甲殼的物體高速衝過來的話，其威力應該會超越雙手用戰槌的強力攻擊。

「咕喔！」

「呀啊！」

西莉卡與米夏之外的八名攻擊手發出高低不一的悲鳴，整個被轟飛出去。

視界左側，八條ＨＰ被削掉一大片。減少幅度最大的是等級雖高，但是點數全加在攻擊力上，裝甲又很薄的莉法。

「莉法小姐！」

反射性想跑過去，但倒在地上的莉法即使頭上纏繞著暈眩特效還是堅強地大叫：

「我……我沒事！以任務為優先！」

「…………嗚！」

西莉卡咬緊牙關，把視線移回正面。

女王蜂已經快從音波攻擊後的僵硬恢復過來。一兩秒鐘後下一次的攻擊就會襲來了吧。如果是毒或者物理的廣範圍攻擊的話，前衛就可能崩壞。

西莉卡的任務是拉女王的仇恨值——正確來說是讓米夏成為攻擊目標。但是只要女王停留在五公尺以上的高度，就算米夏直立，牙齒與鉤爪還是無法攻擊到牠。

剩下來的選擇只有一個。雖然是無法連發的大技，但要是吝惜王牌而讓我方落於下風的話就太愚蠢了。

「米夏，『發射尖刺』！」

接到西莉卡的指示，米夏就用後腳站立，然後前腳大大地往左右兩邊張開。

女王蜂在空中縮起身體，其長到恐怖的毒針就發出紅光。

西莉卡直覺牠準備施放帶有毒屬性的廣範圍物理攻擊。但是比牠快了一步。

「咕啊啊啊啊啊！」

隨著凶猛的咆哮聲，從米夏胸前的閃電圖案迸發出無數銀光。這是成為尖刺洞熊名字由來的，把體毛變成鋼針後發射出去的特殊攻擊。

「嘰咿咿咿咿！」

擊潰修魯茲隊，差點擊墜姆塔席娜的鋼針暴風直接擊中回到女王蜂身邊的四隻兵蜂。

女王與護衛一邊發出金屬質的悲鳴一邊被轟飛十公尺以上。被最多鋼針轟中的女王，第一條ＨＰ條減少了將近八成，護衛們的ＨＰ也減少一半。

「西莉卡，撐得下去嗎？」

聽見詩乃從後方丟過來的聲音，西莉卡就舉起右手回應：

「沒問題！」

「了解！亞魯戈你們繼續掃除。」

詩乃一這麼大叫，就從巨蛋後方傳來「好喲！」的回答。亞魯戈與弗利司柯爾、尼帝等人以及巴辛族、帕特魯族正從邊緣開始給麻痺的工蜂最後一擊。雖然瞄準要害的頭部或者胸部刺一兩下就能奪其性命，但數量實在太多了。掃除組想要參加魔王戰的話，最快也得是五分鐘以後的事情了吧。

「西莉卡，多虧有妳！」

「What a relief（鬆了一口氣）!」

率先從暈眩狀態恢復過來的艾基爾與薩利翁來到左右兩邊。其他前衛成員的ＨＰ條亮起的暈眩狀態圖標也開始閃爍。

但被米夏的大技轟中而搖搖晃晃的女王與護衛也穩定身形，再次縮短雙方的距離。

這些傢伙的基本戰術大概是士兵們反覆使出物理攻擊，女王則從武器攻擊不到的高度使出數種不同的特殊攻擊。雖然將士兵全滅女王可能就會降下來，但在那之前將會遭受數次的範圍攻擊。

目前能夠攻擊到女王的就只有詩乃的毛瑟槍。雖說西莉卡傳達「無法抵抗女王的攻擊壓力」的話，詩乃應該就會過來幫忙才對，但她還有作為聯合部隊隊長來指揮二十三名成員的任務。

西莉卡與米夏之所以在隧道裡面待機，為了就是魔王出現的時候。所以不可能只施放一次大技就放棄了。

西莉卡瞪著降下的女王，同時拚命思考著。

這種時候，如果是桐人的話會怎麼做呢？

被捲入Unital ring事件之後，他依然以破天荒的創意與行動力來突破困難的狀況。像是讓大量圓木從屋頂滾落來壓扁怪物，拿指定建築位置用的殘像物體來欺敵，把散發強烈惡臭的「腐臭彈」魔法朝自己的嘴發射來覆蓋窒息感——西莉卡實在沒辦法有這樣的創意，但就算是這樣，應該還是有自己能做的事情才對。

西莉卡要以武器攻擊到女王蜂，身高至少還差了三公尺。雖然可以讓莉茲貝特以木工技能建造樓塔，但Unital ring的怪物ＡＩ相當聰明，很可能會直接移動到無法攻擊到的高度。建造可動式的樓塔或許就能對應，但實在不認為生產選單裡會準備這樣的選項……

當她想到這裡時。

腦袋正中央就瞬間浮現一個再簡單也不過的點子，西莉卡一瞬間鬆懈了下來。不過立刻就甩開猶豫展開行動。

把手放到在右邊瞪著女王的米夏側腹，然後全力跳起。爬上毛絨絨的背部，來到寬廣的肩膀時立刻下達命令。

「米夏，站起來！」

「嘎嗚！」

發出簡短的低吼後，熊就迅速撐起身體。西莉卡站著的肩膀宛如電梯般上升。立足點的角度當然會因此而改變，但因為這種程度的變化就摔下來的話便無法自稱輕裝戰士了。

比現實世界的棕熊還要高大的米夏直立起來之後，到肩膀的高度就超過三公尺。西莉卡的虛擬角色在伙伴裡面雖然只比結衣高，但在這種狀態下使用劍技的話，應該能攻擊到停留在五公尺高的女王蜂。

女王似乎也注意到這一點，只見牠停止前進開始盤旋。但四隻護衛從低了一些的地方慢慢逼近。看來剛才的鋼針攻擊，讓牠們把目標轉移到米夏身上了。但是——

「你們的對手在這裡啦！」

隨著這樣的叫聲從後方跑過來的克萊因，以渾身解數使出了跳躍砍擊。武器不是和風的大刀而是中東風的彎刀，但因為跟鍛造者莉茲貝特提出「盡可能長一點」的要求，所以刀尖勉強擊中了兵蜂的腹部。

接著莉法、迪柯斯、霍格也跟著躍起，對剩下的兵蜂揮出斬擊。攻擊目標再次移動，四隻兵蜂開始瞄準前衛成員忙碌地飛了起來。

牠們後方的女王再次將口顎打開到極限。是音波攻擊的前兆動作。

「米夏，往前！」

在西莉卡的指示下，米夏朝著女王突進。西莉卡計算好時機後躍起，在空中發動了劍技。那是單發突進技「急咬」。

西莉卡從ALO繼承的是短劍技能，但是熟練度暫時降到100，所以應該有好一陣子無法使用四連擊與五連擊的上級劍技。但是單發技就可以擊潰特殊攻擊的發動——希望是這樣。

——停下來！

西莉卡如此祈求著，同時將匕首的劍尖轟進女王蜂的嘴角。

在總算才剛可以挖掘到鐵礦石的現狀之下，原本是無法打造鋼鐵製的武器。西莉卡的「高級鋼製匕首」，材料是來自於熔解桐人在ALO愛用的長劍「黑色鞭痕」後獲得的鋼鐵鑄塊。也就是說這把匕首原本是桐人的劍。

當然素材的來源應該不會影響到武器的性能，但是在緊繃的戰況之中，心情確實會左右結果。灌注所有幹勁的一擊貫穿女王蜂的防禦力，不只停下幾乎快發動的音波攻擊，還把足有西莉卡一倍的巨大身軀整個往後彈飛。

「嘰咻嗚嗚嗚！」

邊聽著女王蜂的怒吼邊在空中一個後空翻，最後落在米夏的肩膀上。暫時飛起的畢娜也回到西莉卡頭上，驕傲地發出「嗶嗚咿！」的叫聲。

「西莉卡，幹得好！」

聽見莉茲貝特從地面上發出的稱讚，西莉卡就大聲回答：

「都是靠莉茲小姐幫我打造的匕首！」

——還有桐人先生的鑄塊。

在內心悄悄地加上這麼一句，接著就把視線移回女王蜂身上。

「急咬」似乎是會心一擊，女王蜂第一條HP條消滅了。目前剩下兩條，不過應該會在某個時候改變攻擊模式才對。必須保持對應這種情況的心理準備，並且擊潰所有範圍攻擊才行。

被往後彈的女王回到原地後又再次前進。帶著瘋狂光澤的複眼雖然沒有眼瞼與眼瞳，卻明顯散發出憤怒的氣息。

「嘰咿咿！」

西莉卡毫不畏懼地回瞪發出摩擦般恐嚇聲的女王。

周圍不斷傳來四隻兵蜂與八名同伴們進行激烈戰鬥的聲響。只要持續阻撓女王直到士兵全滅，這場戰鬥就算西莉卡他們贏了。

——再等一下，切特。馬上就去救妳了。

西莉卡重新握緊匕首，對遙遠的蜂窩這麼默念著——

剎那間。

女王切斷用工具般的巨大口顎微微打開，扭曲隱藏在裡面的銳利口器。簡直就像咧嘴嘲笑西莉卡一樣。

女王蜂開始上升。六公尺、七公尺……即使西莉卡站在米夏肩膀上也無法攻擊到牠了。難道牠隱藏著能從那種高度對地面發動的攻擊嗎？如果這就是女王蜂的王牌，那無論如何都得加以破壞才行。要投擲匕首嗎？不行，如果擁有飛劍技能也就算了，單純的投擲是無法破壞大技的。

在八公尺左右的高度盤旋著的女王，像是要證實西莉卡的擔心一般，開始之前從未見過的預備動作。

巨大身軀彎曲到極限，六隻腳也縮起。長長觸角整個伸直，其前端帶著藍白色光芒。光芒從觸角上升。當它抵達根部時，似乎會發生某中很不妙的事情。

「────詩乃小姐！」

西莉卡對抗著讓全身凍結的戰慄並且這麼大叫。

「狙擊牠吧！」

隊長詩乃應該也感覺到危險了吧。在西莉卡出聲的同時就傳出「噹嗯！」的巨大槍聲。

女王蜂左邊的觸角從一半被打斷。

能以精準度不佳的毛瑟槍擊中細細的觸角，只能說確實有一套。但還是晚了一步。光芒快了零點一秒通過折斷處，直接達到女王的頭部。

排成三角形的單眼綻放出無法直視的炫目光芒。光芒形成藍白色光圈，擴散到整座巨蛋。

但就只是這樣而已。西莉卡、米夏以及伙伴都沒有受到任何傷害，ＴＰ與ＳＰ也沒有減少。也沒有陷入異常狀態的樣子。

那麼，剛才的攻擊到底是……

就在西莉卡皺起眉頭的時候。

巨蛋的各處都傳出低沉振動聲。急劇增加的音量是來自於蜜蜂的振翅聲。原本因為半邊蓮毒液而麻痺的工蜂，不斷從地面飛起來。

剛才的藍光不是對準西莉卡他們的攻擊。而是為了解除所有同伴的異常狀態。

「掃除小隊，聚集到米夏的身邊！」

在詩乃的指示下，亞魯戈他們從巨蛋的各處跑回來。這時也不斷從周圍湧出工蜂。總數多達四十，不對，是五十隻。

光是女王與士兵就是強敵了，再被這種數量的工蜂包圍的話，就連撤退都變得困難重重。

茫然呆立在現場的西莉卡頭上，女王——Gilnaris Queen Hornet再次像是獲勝般笑了起來。

18

「耶歐……！不要緊吧，耶歐萊茵！」

依然躺在地板上的我以最小音量呼喚著機士團長的名字。

裹著深藍色機士服的身體整個癱軟無力，面具底下的雙眼也還是閉著。碰了一下他的脖子後，發現跟現實世界的ＶＲＭＭＯ不同，可以感覺到脈搏但相當微弱，肌膚也冷到讓人心驚。

雖然也覺得大概是連續使用兩次「空之心念」造成的反動，但就算是這樣也不知道讓他回復的方法。第一次之後雖然讓他喝了回復劑，但那一定除了讓心情輕鬆一些外就沒有其他效果了。

到安全的地點讓他好好休息，這是唯一的辦法了。

如此判斷的我，撐起上半身後用雙臂抱起耶歐萊茵的身體。

下一個瞬間，悲切的疼痛感貫穿心臟，讓我停住了呼吸。遲了一會兒後才了解疼痛的理由。

這種狀況跟在中央聖堂最上層打倒最高司祭亞多米尼史特蕾達後，抱著受到致命傷的尤吉歐時實在太過相似了。

在心臟中心結晶化的悲傷與追憶，一點一點融化在血管中流出。耳朵深處微微迴響著亡友的聲音。

——雖然要在這裡分道揚鑣……但是記憶永遠會留下來。

——所以我們永遠是好朋友。

接著他就幫現在裝備在我左腰的劍取了名字，然後離開Underworld。他的LightCube被初始化，搖光則是消滅了。

即使知道這一點，我還是試圖從耶歐萊茵身上尋找尤吉歐的身影嗎？在機車裡面，看見跟尤吉歐完全不同的個體ＩＤ時，不是在內心決定不再去追求不可能會發生的奇蹟了嗎？

我用力閉上雙眼，停止滔滔不絕的思潮。

現在只要思考該如何帶著耶歐萊茵脫離這個地方就可以了。

在「閣下」的指示下，一樓出入口的警備已經經過強化了。無法使用「空之心念」的我，不可能在不被發現的情況下突破重圍。放棄祕密行動的話，是可以貫穿建築物直到屋頂的所有樓層直接飛走，但幹出這種好事的話，運用這座基地的傢伙們立刻就會躲藏起來，然後很有可能為了滅證而把神獸殺死。

果然還是得摸索靜靜逃離的辦法才行。

如此下定決心的我，繼續把身體往上抬十公分左右，然後從窗戶下方窺探隔離室。結果剛好是左邊牆壁通往分析室的門打開，「閣下」與兩名研究員走出來的時候。

研究員仍穿著防護服，「閣下」也還是穿著大衣。明明距離二十公尺以上，卻依然能鮮明地感受到他結凍般的氣息與甚至可以稱為淒絕的美貌。

三個人在距離昏睡的黑色大蛇稍遠處暫時停下腳步。但是只有「閣下」繼續前進了幾步，靠近到伸手可及的距離後，從容地窺看插入管子的巨大嘴巴。

「……看來停滯處置仍持續運作著。」

其中一名研究員對「閣下」從天花板的擴音器傳過來的發言做出回答。

「是……是的……藥劑全部按照規定餵食。」

「唔嗯。你們發現的幼體到哪去了？」

「這……這個……」

兩名研究員面面相覷，似乎是在互相推卸責任，最後其中一人像放棄掙扎般說道：

「……躲……躲避的時候丟失了。我想應該還在隔離室的某個地方才對……」

「也就是說，那隻幼體從何而來及消失在何處都不清楚嘍？」

「嗯……嗯，目前是如此……」

「找到牠並且加以捕獲。」

「閣下」如此下令的聲音，冰冷到就連隔著厚厚窗戶聽見的我都忍不住縮起脖子。兩名研究員雖然像彈起來一樣挺直背桿，但還是大膽地試圖反駁。

「但……但是，伊斯達爾閣下……對幼體出手的話，可能再次受到神獸的心念攻擊……」

看來研究員們完全認為，被我跟耶歐萊茵的心念所破壞的注射器完全是神獸所幹的好事。

——這不是重點。剛才好像提到名字吧？伊斯……伊斯達爾。確實聽見這個名字了。雖然不清楚是名字還是姓氏，不過那似乎是「閣下」的名字。雖然聽起來像美索布達米亞神話裡出現的女神伊什塔爾，不過應該沒關係吧。

「閣下」也就是伊斯達爾翻動大衣轉身之後，就正面對著兩名研究員。

在隔離室明亮的光線之下，波浪狀黑髮最亮的部分稍微帶著一點紅色，跟淡藍色眼睛配合起來，確實符合他冰冷火焰的第一印象，假如我是部下的話，絕對不想被那種視線注視。

「……假設心念攻擊是來自於這隻神獸好了，對象也是注射器吧？」

在冰冷當中隱含焦躁的聲音質問下，兩名研究員再次挺直身體。

「是……是的……您說得沒錯……」

「也就是說，不試圖殺害幼體的話就是安全的。如果還想跟我辯論下去的話，接下來就到上面的審問室去談吧。」

「沒……沒有，我們沒有異議！接下來就開始搜尋幼體！」

兩名研究員本來的身分似乎是軍人，隔著防護服與頭盔敬了一個禮，然後分成左右兩邊走了起來。

說是搜索，但廣大的隔離室裡幾乎沒有放置機械與容器，存在的就只有從左邊牆壁冒出橫越地板的管子，還有在中央捲成一圈的大蛇型神獸而已。幼體，也就是我跟耶歐萊茵一路追過來的幼蛇能夠躲藏的地點，就只有管子後面或者神獸底下而已。實際上，我們破壞注射器時，幼體應該就潛入神獸的頭部下方了。

兩名研究員目前正抬起細細的管子並且窺探著粗大管子的後方，不久後應該就會調查神獸底下吧。雖說是幼體也有將近一公尺長，五公分粗，所以一旦被光線照到就不可能躲藏了。

伊斯達爾雙手環抱胸前注視著研究員們。要先脫逃到一樓的話現在就是機會吧。反正那隻幼蛇如果沒有被耶歐萊茵用凍素捕獲，然後沒有被我用暗素治療的話早就已經爆炸而死了。

「……………」

我把視線移向依然在我懷裡失去意識的耶歐萊茵。

研究員想要毒殺幼體時，以心念粉碎注射器本體的是我，但是把針折斷的絕對是耶歐萊茵。也就是說，經常保持沉著冷靜的機士團長內心也有不顧危險來救助莫名生物的感情存在……如此一來，我就不想背叛這份感情。

難道沒有能夠跟幼蛇一起逃出這座基地的辦法嗎？

用布把我跟耶歐萊茵的臉遮起來，打破眼前的玻璃回收幼蛇，然後跑上樓梯強行突破後門。

感覺如果只有我一個人的話就有機會成功，但伊斯達爾施放的斬擊，速度足以匹敵過去的上位整合騎士。在抱著耶歐萊茵的情況下與其交手的話，不保證能夠在毫髮無傷的情況下度過難關。而且知道我們入侵的話，很可能在卡爾迪娜的調查團抵達前基地就被清空了。結果不論用不用心念，光靠蠻力是無法解決問題的…………

不對，等一下。

現在的話，不論要使用多麼強大的心念，那些傢伙都不會知道是我幹的好事吧。因為心念計只會根據檢出的心念強度而發出聲響，並不會顯示發生源頭的方向。當然沒辦法現身大鬧一場，但如果是像神獸使用心念才會出現的現象呢？

我再次抬起頭來，首先凝視隔離室的天花板。中央部雖然因為在照明範圍之外而是微暗狀態，但可以看見正方形的大型艙門般物體。那裡一定直通從基地屋頂搬運神獸用的搬入通道。

我移下視線，透過玻璃凝視著無力橫躺著的大蛇。

在心中為拿牠當替身，或者可以說替死鬼一事道歉，然後重新抱緊耶歐萊茵的身體，吸了口氣後呼出——

「…………！」

解放比之前強了一兩個等級的高強度想像力。

躺在隔離室地板上的神獸，其三對共六個眼睛發出鮮紅光芒。

巨大頭部迅速昂起。嘴巴與身體等各個部位的輸液管自然脫落，灑出帶著刺眼顏色的藥劑往四方彈跳。遲了一會兒，與心念計連動的警報聲大作。

「嗚哇啊！」

「怎……怎麼了？」

正在調查管子的研究員們同時一屁股跌坐到地上。但伊斯達爾只是稍微退後，沒有拔劍只是盯著神獸看。不能給他詳細觀察的時間。

天花板的艙門爆出火花並且被吹飛到內側。果然如我的推測，後面是一片黑暗的洞穴。雙開式厚重的艙門一扇掉落在兩名研究員附近，另一扇則掉落在伊斯達爾正前方，爆出更大的火花與巨大聲響。這下子就連伊斯達爾也整個人往後飛退。

幾乎是在同一時間，地板上一道細長的小影子——其實是跟大蛇比起來——飛起來，貼到神獸的頭部，但三個人應該沒有看見。

接下來就是整齣脫逃劇的高潮。

神獸的眼睛再次發光。

隔離室的金屬牆、我眼前的玻璃窗都破成碎片，變成閃閃發光的細渣飛散到空中。

下一個瞬間，這所有的一切全變換成暗素。要在空中直接生成這麼多暗素的話空間資源當然完全不足，但使用物質變換的話要多少就能有多少，而且也可以破壞窗戶，可以說是一石二鳥。

無數暗素立刻變化成霧狀，將隔離室籠罩在紫色黑暗當中。

我橫抱著耶歐萊茵，把腳踏上眼前的窗框，接著全力踢了出去。

我沒有使用風素，只以純粹的心念力讓自己飛翔。突破連一寸的前方都看不見的黑暗，衝進了天花板的艙門裡。同時不忘以「心念之臂」來牽引神獸。

不久後黑暗之霧變淡，前方可以看見暗紅色光芒。以聖托利亞時間來看，現在時間是剛過下午三點，伴星亞多米娜的話應該是天剛亮吧。

我幾乎是以最快的速度飛過四角形搬入通道，直接飛向帶著朝霞的天空。

只在一瞬間往下看了一眼，就看見基地的正門與後門都零星有士兵跑出來。在地底深處的隔離室發生異常到現在應該才經過一兩分鐘，他們的反應實在快到驚人。再拖拖拉拉下去將會被發現。

我再次看向天空，拉著神獸一口氣往上升。飛進密度看起來很高的積雲後直接穿越，幾秒鐘後就來到雲上。這裡的話地上應該看不見。

我呼一聲吐出憋住的氣息，然後率先確認耶歐萊茵的狀況。

雖然仍失去意識，但面具底下的臉頰已經有了幾分血色。我再次鬆了一口氣，同時把視線往左移。

該處飄浮著把白雲當成床的漆黑大蛇。六顆眼睛依然覆蓋在灰色的瞬膜底下。在地底下時眼睛之所以發出紅光，是因為我以鋼素鏡子反射熱素光芒所製造出來的假象。

雖然所有餵食藥劑的管子都拿下來了，但是要解除伊斯達爾所說的什麼停滯處置應該還要一段時間才對，說起來也很難保證神獸清醒後會對我們展現友好的態度。不對，對神獸來說伊斯達爾和我們都是人類，所以不分青紅皂白就發動攻擊的機率應該比較高。

如此一來，應該在神獸醒過來之前，讓牠回到原本的支配領域嗎？但這麼做的話，將來牠可能會再次被基地的那群傢伙捕獲。

當我思考著到底該怎麼辦而皺起眉頭——那個剎那。

正後方響起「鏘！」的尖銳不協和音，同時有灼熱感從背後貫穿我的右胸。

19

一切結束之後才注意到，西莉卡面臨這絕對的危機時，從來沒有浮現過「如果桐人、亞絲娜和愛麗絲在就好了」的念頭。

腦袋裡只是不停地想著該如何以現有戰力來打破目前的困境。

從四面八方湧至的工蜂，能力值其實並不太高，但是擁有一擊就能讓人陷入長時間麻痺狀態的毒針這種危險至極的武器。至今為止的戰鬥當中，之所以能夠不斷預防有人被複數蜜蜂包圍的狀況，就是因為以迴避毒針攻擊為最優先事項的緣故。

但是女王與士兵再加上五十隻工蜂的話，簡單計算一下就能知道敵人的數量一下子就膨脹到我方的兩倍。這樣當然一個人就會被兩隻，甚至是更多的蜜蜂盯上。前後同時遭到毒針攻擊的話，不論是什麼樣的老手都很難迴避。要是出現複數的麻痺者，戰線因此崩壞的話甚至沒把握能夠撤退到巨蛋外面。

現在聯合部隊隊長詩乃的腦袋大概光是考慮是否該做出撤退指示就轉動到快燒起來了吧。

距離掃除小隊的亞魯戈、弗利司柯爾等人與前衛會合還有十秒鐘。被工蜂群包圍則還要再過十秒。在那之前，詩乃必須做出極為困難的決斷。因為這時候撤退的話，就沒希望救出被抓到蜂窩裡去的切特了。

不過是遊戲內的區區一個ＮＰＣ。幾乎所有被捲入Unital ring的玩家都會這麼想吧。但是在ＳＡＯ、ＡＬＯ以及Underworld與許多ＮＰＣ，不對，應該說ＡＩ交流過的西莉卡，已經沒辦法把他們跟她們當成單純的程式了。克萊因與詩乃等人絕對也是一樣，在這個世界成為朋友的薩利翁與霍格一群人，一定也願意共享這樣的價值觀吧。因為在拉斯納利歐也跟巴辛族、帕特魯族一起圍著營火把酒言歡了。

想救出切特。

像是要嘲笑西莉卡迫切的願望般，視界左端的切特ＨＰ條開始極緩慢，但是確實地減少著。

沒辦法知道蜂窩裡發生了什麼事。但「救出的寬限時間」終於結束，切特開始受到傷害了。以ＨＰ的減少速度進行概算，大概不到一分鐘就會歸零了。

要說在這種絕望的狀況中還有什麼希望的話，大概就只剩下一個了。

也就是瞬間幹掉統率所有蜜蜂的女王，Gilnaris Queen Hornet。

但是女王的ＨＰ條還有整整兩條，而且最重要的是沒有手段能夠攻擊到停留在八公尺上空的女王。米夏的尖刺攻擊仍在冷卻時間中，就算取代西莉卡由艾基爾站到熊的肩膀上，斧頭也無法轟中對方。

至少得想辦法把女王拖到地面來——！

在米夏身上的西莉卡幾乎快要把牙齒咬碎的那個時候。

「Silica（西莉卡）!」

以流暢發音叫著她名字的某個人接著又說出一串話來。

「Move and let Misha squat down（離開那裡並且讓米夏蹲下）!」

之所以能理解高速且母語發音的英文，不知道是因為歸還者學校重視實踐的課程，又或許是腎上腺素爆發後的心電感應。

西莉卡立刻從米夏身上跳下來，同時做出命令。

「米夏，快蹲下！」

熊立刻有所反應，從直立狀態變成把前腳放到地面。

一道影子以極快的速度從後方跳到牠的背上。流線型的身體、異樣發達的兩腳。是蚱蜢人尼帝。

尼帝衝到米夏的肩膀上後一瞬間沉下身體，接著以宛如大砲的速度跳了起來。

西莉卡就不用說了，連除了他之外的昆蟲國度組成員都辦不到這種事吧，這是只有蚱蜢才能使出的特大跳躍。茶色身體越來越接近在遙遠上空的女王蜂。雖說把米夏當成踏台來提升了兩公尺左右的高度，但他還是以自己了力量跳躍了五公尺以上。

尼帝的雙手迫近女王的後肢，看來是想抓住後把牠拖下來。

但是——

女王蜂就像是連這樣的行動都預測到了一樣振動翅膀迅速上升。

尼帝的手在空中撲了個空——看起來像是這樣的下一個瞬間。

蚱蜢人從嘴裡朝正上方發射白色絲線。那是捕獲姆塔席娜軍的斥侯弗利司柯爾時使用的，飾蟋螽的特殊能力。

絲線纏住女王的長毒針，讓開始落下的尼帝在空中倏然停止。突然間的負重讓女王停止上升。但還不至於掉落。女王的飛翔力與尼帝的體重可以說勢均力敵。

突然間，幾條鮮豔的黃綠色光芒橫越過西莉卡頭上。

詩乃沒有使用毛瑟槍，而是以祕藏的雷射槍連續射擊。瞄準的並非女王的身體而是翅膀。被超高溫能源彈貫穿的薄膜，燒焦後出現了大洞。

女王蜂巨大的身軀終於開始掉落。

就是現在。這是最後的機會了。

女王落到地面的瞬間，以集中攻擊狂轟牠的弱點。但是有一半以上的攻擊手在跟工蜂戰鬥，而且在攻擊也會傷及伙伴的Unital ring裡，就算女王的身體再怎麼巨大，能夠同時攻擊的最多也只有五六個人吧。即使所有人使出最高等的劍技，也很難一口氣把兩條ＨＰ削除。

就沒有什麼方法可以給予敵人劍技以上的傷害了嗎——

瞪著吊著尼帝往下掉的女王，西莉卡持續以腦袋快要燒焦的速度攪動著腦汁。

突然間，腦袋裡連續閃過過去曾經看過的畫面。

從圓木屋屋頂掉落的大量圓木。以堅固支架固定住的黑卡蒂Ⅱ。這些畫面融合在一起，締結出一個點子來。

「大家包圍掉落地點！」

忘我地這麼大叫之後，才注意到用「大家」的話沒辦法知道究竟是在叫誰，不過立刻有所反應的是浮現在西莉卡腦海裡頭的同伴——莉茲貝特、克萊因、艾基爾以及莉法。

把士兵交給薩利翁、畢明古、霍格、迪柯斯等人，按照西莉卡的指示包圍女王的預測掉落地點。

「左手高高舉起武器，右手打開裝備視窗！」

所有人都是右撇子。就算以左手練習過發動劍技，精準度當然比不上右手。但四個人完全沒有露出猶豫的模樣，跟西莉卡同時各自把武器移到左手，並且高高舉起。同時迅速迴轉右手指尖叫出環狀選單。

首先是尼帝降落在西莉卡的匕首、莉茲貝特的鎚矛、克萊因的彎刀、艾基爾的雙手斧、莉法的長劍形成的圓中央。

他以雙手抓住從自己口中延伸出去的絲，用力把女王拉下來後，立刻飛退到圓的外側。

下一刻，全長超過兩公尺以上的女王巨大身軀就傳出轟然巨響墜地。頭部雖然有淡淡的暈眩特效，但馬上就會恢復了吧。

最後的指示。

「把左手的武器——換成繼承的武器！」

伙伴們應該察覺到西莉卡的意圖了吧。在她話還沒說完之前四個人的手指就滑向裝備選單並且按下決定鍵。

高舉的五把鐵製武器在白光包圍下消失，接著出現纏繞著閃閃亮光的最強武器。

西莉卡的短劍，伊蘇斯雷達。

莉法的長劍，仲夏之風。

艾基爾的兩手斧，諾茲休爾。

克萊因的大刀，靈刀迦具土。

以及莉茲貝特的鎚矛，雷槌妙爾尼爾。

這些繼承自ＡＬＯ的武器，跟詩乃的黑卡蒂II一樣要求的筋力值實在太高，即使在等級將近20級的現在依然連拿都拿不動。

但只是讓它們出現在高舉過頭上的手中，然後從該處往正下方落下則沒有問題。雖然難以完成以一公分為刻度的精密控制，但成為女王蜂弱點的胸部足有中型車的輪胎那麼大。

「嗚……呀啊啊啊！」

西莉卡罕見地發出渾身的吼叫，同時在宛如巨岩般沉重的短刀落下時拚命調整其軌道，對著仰躺的女王足部底端轟下。

幾乎在同一時間，伙伴們的繼承武器也隨著雷鳴般巨響落下，女王厚重的甲殼出現放射狀的深邃裂痕。

20

率先感到擔心的是，貫穿我身體的某樣東西會不會擊中耶歐萊因。

不過物體似乎擦過橫躺著的耶歐萊茵瀏海往虛空飛去了。一瞬間差點鬆了一口氣，但現在還太早了。我一邊展開心念防壁一邊迅速翻轉身體。

白色積雲邊緣可以看到一滴墨水滴落般的黑色影子。

那是一個人。長髮與大衣衣襬隨風翻飛的黑衣人影，理所當然般飄浮在該處。往這邊伸的右手上有大型手槍般物體。貫穿我右胸的似乎是從那把槍發射出來的子彈。

浮現「被擊中了」想法的瞬間，烙印般的劇痛就復甦了。稍微往下瞄一眼，發現右邊鎖骨下方附近開了一個手指剛好可以放進去的洞，而且正從那裡噴出鮮血。

雖然免於直擊心臟，但如果是過去的我，這樣的傷口將讓我失去一半天命，然後另一半則隨著出血急遽減少。但是經過跟最高司祭亞多米尼史特蕾達，以及闇神貝庫達，也就是加百列・米勒的戰鬥之後，我已經知道這個世界裡的肉體不過是靈魂的投影罷了。

想到被加百列轟飛下半身，心臟還被挖出來，就覺得這種程度根本算不上負傷。以自己的血作為資源治癒槍傷，還順便修復機士服。

亞多米尼史特蕾達戰的時候，使用心念的能力要是能有現在的一半，說不定就能救尤吉歐了……甩開這種剎那間的感傷，我直接瞪著遠方的人影。

對方在將近百公尺之外而且背後還有朝陽所以看不見容貌，不過從氛圍就能知道是在基地遭遇的「閣下」——伊斯達爾。在那場大騷動中，竟然能立刻追過來確實讓我嚇了一跳，更重要的是他是如何飛的呢？

是應該為了獲得情報而更加靠近，還是以耶歐萊茵與神獸的安全為優先立刻逃走，又或者是不管三七二十一先發動攻擊？

像是看透我的猶豫般，人影突然動了起來。

長大衣宛如黑色翅膀般翻動，以超乎我想像的速度縮短距離。我立刻張開心念防壁並且加強輸出。

當我推測他會直接撞上透明牆壁，受到足以讓全身骨頭粉碎的傷害時。人影卻斷然實行彷彿要在空中留下焦痕的急減速，在距離心念障壁僅十公分處停了下來。距離已經剩下不到十公尺。略呈波浪狀的黑髮底下，冰藍色眼睛綻放出凌厲的光芒。

初次從正面所見的伊斯達爾，其容貌果然美麗到不像凡人。自從與最高司祭亞多米尼史特蕾達面對面之後，我就沒有過這種純粹因為容貌而感到敬畏的感覺了。

伊斯達爾臉上沒有任何表情，也沒有說半句話，只是凝視著我五秒鐘左右，接著意識就轉移到耶歐萊茵身上。感覺這時他光滑的眉間附近才稍微閃過一些感情，但是也立刻就消失了。

再次抬起視線後，他的紅唇終於動了。

「我要為沒有任何警告就從後面射擊謝罪。因為一開始就想先試試看這個有沒有用。」

他舉起右手的大型手槍並且稍微傾斜。

對方以絲毫感覺不到歉意的表情、口氣以及動作說出這樣的話後，我終於有多餘的心思浮現「這個臭傢伙」的想法。我維持著心念防壁，首先出言刺探對方。

「是故意瞄準右胸的嗎？還是瞄準頭或者心臟失手了呢？」

「從那種距離瞄準單點太不切實際了。只要能擊中某個地方就很好了。」

雖然是輕描淡寫就把我的挑釁帶過的回答，不過現在想起來，這傢伙在將近一百公尺的距離外一發就擊中我了。以前詩乃曾經說過，現實世界的話手槍的有效射程距離最長是二十公尺，GGO裡最長也只有五十公尺。伊斯達爾所拿的是彷彿試驗品般的粗糙槍械，準度看起來也不會太高。除了在地底下展現的神速斬擊之外，連射擊技術也達到高手的境界了嗎？

「……那把槍是以什麼構造發射子彈的？」

我回想著「鏘」的奇妙發射聲同時丟出第二個問題。原本以為對方應該不會回答了，但是伊斯達爾低頭看著右手的手槍並且說：

「只是以解放風素的壓力將子彈擊出的簡單構造。將多餘的壓力從壓縮室排出的調節機構得費一番工夫就是了。」

「原來如此……」

也就是說刺耳的怪聲是來自那個叫什麼調節機構的嗎？雖然具體來說是什麼樣的構造很令人在意，但實在很難開口向對方借。

而且即使在這種距離下說話，我仍然無法確定伊斯達爾究竟是男是女。略為高亢的沙啞聲音與足以稱為淒絕的美貌，然後身高、體格，甚至連服裝都完完全全是中性化，甚至連猜測都無從猜起。

不過至少從他身上看不到小型螺旋槳或者噴射引擎，所以可以確定這名人物跟我一樣光靠心念力就能飛翔。

心念力某種意義上來說是「以獨自的想像改寫世界常識」的力量，所以在空中飛行就現象來說固然單純，但要求的心念強度卻極為強大。這是因為所有Underworld人和我自己本身，腦袋裡都被灌輸了「人無法在空中飛」的常識。

就我所知，能夠做到完全心念飛行的就只有最高司祭亞多米尼史特蕾達與闇神貝庫達，我如果沒有經歷與他們的激鬥，應該就無法到達現在這種境界。

也就是說伊斯達爾不是經歷過那種等級的戰鬥，就是自行習得了亞多米尼史特蕾達級的精神力——

我瞪著像冰一樣的雙眸，內心想著這些事情。

「我回答了兩個問題，你也應該回答兩個。」

伊斯達爾把大型手槍收回右腰的槍套並且這麼說。

我忍不住浮現「不是吧，我被你射中了耶！」的想法，不過如果能多挖出一些情報，那就值得繼續對話下去，這段期間耶歐萊茵也會回復吧。雖然多少會擔心浮在我身後的神獸醒過來該怎麼辦，但真的不行的話乾脆就用心念之殼把牠裹起來應該就沒問題了吧。

「——好啊，如果是可以回答的問題。」

我如此回應後，伊斯達爾立刻就丟出完全出乎意料的問題。

「是你消滅深淵之恐懼的嗎？」

一瞬間猶豫是否該老實回答。回答是的話，就會給予對方估算我心念力的標準……但那應該不會成為中斷對話直接發動攻擊的理由才對。

「沒錯。」

至於「雖然不是靠我一人之力」這句話就放在心裡了。如果對方因此而對我做出過大的評價也無所謂。

「原來如此……」

伊斯達爾的長髮在冷風吹拂下飄盪，他本人則是露出正在思考些什麼的表情。

遙遠後方，鮮紅太陽正緩慢但確實地持續上升。現實時間已經快到下午四點。我跟亞絲娜、愛麗絲到了下午五點就會被神代博士強制登出。在那之前要回到中央聖堂已經是絕對不可能了——說起來澤法沒有修理好也無法飛行——但至少必須創造出就算我突然消失也沒關係的狀況。

再對話五分鐘的話，就用心念防壁包圍伊斯達爾來抓住他，然後先離開這個地方。

就在我如此下定決心的那個瞬間。

「你在拖時間吧。」

懷中傳出細微的聲音如此宣告。

迅速往下一看，耶歐萊茵面具底下的雙眼已經微微睜開。即使看起來還有點不舒服，但淺綠色眼睛已經逐漸恢復氣力。雖然暫時放下心來——不過拖時間究竟是什麼意思？

像是直接讀取到我的困惑一般，耶歐萊茵以沙啞的聲音繼續表示：

「現在地上的基地應該正在讓人員撤退。等結束之後，應該會把整座基地抹消吧。」

「你……你說抹消……到底該……」

感到啞然的我如此呢喃，同時看向腳底下。

視線雖然被厚厚的雲層遮住，但放射極微弱的心念就能感應到熱量與動作。鄰接基地的跑道上，名為「阿普斯」的大型機龍已經發動引擎，士兵們似乎不斷從貨物室把行李搬進去。

沒有注意到這種動靜的我可以說愚蠢之極。我打算從對方身上挖出情報，卻不知完全中了伊斯達爾的計。

「……虧你能注意到耶。」

前方的伊斯達爾以冰冷中帶著些許感情的聲音這麼說道。

在我抬起頭的同時，耶歐萊茵也以跟至今為止的聲調有些不同的聲音丟出一句：

「因為是很符合你個性的想法啊，托科卡・伊斯達爾。」

「…………！」

我不由得屏住呼吸。

那是從以前就認識伊斯達爾的說法。然後對方丟回來的發言也是一樣。

「入侵的果然是你嗎，耶歐萊茵・哈連茲？你的身體還是一樣虛弱啊。」

雖然並非對這樣的批評感到生氣，但耶歐萊茵還是再次抬頭看著我說：

「我不要緊了。放我下來吧。」

說完之後，就只動嘴巴加了一句「桐人」。這是要我別表明自己名字的訊息吧。

雖然對這一點沒有異議，但就算要我放下，腳底也只有軟綿綿的積雲而已。不是用心念製造讓耶歐萊茵站著的立足點，就是必須抓住他的身體……像是察覺到我的猶豫一般，耶歐萊茵以呢喃聲繼續表示：

「不用撐著我。」

「……知道了。」

我點完頭後，就放下支撐耶歐萊茵腿部的左臂。

黑色皮靴踏上虛空。即使畏畏縮縮地移開右手，機士團長的身體也沒有下墜的樣子。也就是說不只伊斯達爾，連耶歐萊茵都習得心念飛行了。

現在想起來，異界戰爭之後已經過了長達兩百年的時間。既然科學已經發展到能夠飛抵其他行星的程度，那麼應該也進行了關於心念力的研究與革新才對。其中當然也包含了「有效率習得心念的方法」。

我告訴自己「今後不能再認為有心念就絕對沒問題」，同時注視著對峙的兩個人。

首先開口的是耶歐萊茵。

「放下劍與槍投降吧。你所做的事明顯是對星界統一會議的反叛行為。我必須逮捕你並且帶你到聖托利亞去才行。」

聽見這段話的伊斯達爾，嘴唇露出淡淡的笑容。

「你還是這麼一板一眼，耶歐爾。如果會在這裡投降，我早就不會追過來直接逃走了。」

「……你倒是變了呢，科卡。如果是以前的你，不會為了爭取讓部下逃走的時間而讓自己身處險境。」

耶歐萊茵的發言讓我再次確認地面上的動靜。

士兵們仍持續將行李搬到大型機龍裡面。那座基地的核心設備應該都在地底下，要用電梯把它們搬出來確實得花一段時間。其中應該也包含把神獸小孩改造成生體導彈的裝置，至少一定要把它留下來。

機龍開始動的話，我就得想點辦法才行了……當我這麼想時。

「身處險境……？」

伊斯達爾稍微歪著頭並且如此反問。

以右手將隨風飄動的黑髮往肩膀後面甩，同時一臉認真地繼續說：

「我當然不會幹這種事。我會在阿普斯起飛前對付你們，之後就離開……不對，應該說飛走。」

他那完全不認為自己會受傷甚至是被捕的口氣，讓耶歐萊茵輕輕聳了聳肩。

「原來如此，你確實沒變。不過，你之所以會在人界統一大會的決勝戰輸給我，就是那種傲慢的態度所致。」

「禁止心念的比賽不過是場表演。就讓我教你何謂真正的戰鬥吧。」

如此大放厥詞後，伊斯達爾就隨手拔出左腰的軍刀。

遲了一會兒，耶歐萊茵也拔出吊在機士服腰帶上的劍。

兩把劍在曙光照耀下發出閃閃紅光。雖然有彎刀與直劍的差異，但物件等級看起來相同。由於兩個人之間似乎原本就有過節，因此也不想插手這場戰鬥，但他們之間仍有我張開的心念障壁，然後要是拖太久的話地上的機龍就要起飛了。

「抱歉了耶歐，我要抓住那個傢伙。」

我如此呢喃完就瞬時改變防壁的形狀，以透明的球殼包裹住伊斯達爾。

由於已經不必在意基地的警報，所以我便全力強化防壁。就算伊斯達爾是足以在天空飛行的心念使用者，也不可能破壞連宇宙怪獸深淵之恐懼的光彈都能擋下的心念防壁。這絕對不是我自大，純粹是客觀的評價。

伊斯達爾在透明的監牢中輕輕往前移。

他伸出左手來觸碰防壁。

有種異常冰冷的物體鑽過意識的感覺。心念防壁明明沒有被打破，伊斯達爾的手卻貫穿防壁伸到外面來。這種感覺就跟包裹澤法十三型的防壁被生體導彈潛入時一樣——但是強大了幾十倍、幾百倍。

入侵心念的心念。

輕鬆脫離防壁的伊斯達爾，以驚人的速度朝著耶歐萊茵砍去。

21

幸好不必攀登巨樹的表面就可抵達二十公尺高的蜂窩入口。

樹木後方的根部有一個巨大樹洞，從該處有通往樹幹內部的天然通道一直延伸到蜂窩。

女王Gilnaris Queen Hornet死後，四隻兵蜂與數十隻工蜂都一口氣爆散，被抓進蜂窩的切特ＨＰ也不再減少，所以不用著急了。但西莉卡還是站在衝鋒隊的前頭，在肩膀幾乎快摩擦到牆壁的狹窄通道上全力往上奔馳。

數次被長滿青苔的地面絆倒，在螺旋狀延伸的隧道裡持續前進，最後終於來到一個寬敞的空洞。牆壁上排滿六角形的蜂房，幼蟲與蜂蛹似乎跟女王一起消滅了，裡面是空無一物。雖然覺得有點可憐，但現在更重要的是——

「切特！妳在哪裡？」

西莉卡到處看著空洞並且如此大叫。

結果立刻從深處傳來細微的聲音。

「在這裡！」

西莉卡跟追上來的亞魯戈、莉法一起衝刺。深處的牆壁上有新的隧道，穿越該處後又來到一個更大的空洞。這裡應該就是蜂窩的中心部，左側的牆壁上設置了複數的出入口，另一邊的牆上則聳立著像是王座的高台。

高台的底部，可以看到嬌小的帕特魯族被埋在像是灰色黏土般的地板內。

「切特！」

急忙跑過去用雙手把黏土狀物質剝開。

獲得解放的切特抖動一下嬌小的身體後就撲到西莉卡身上。

「謝謝，謝謝妳，西莉卡。」

「別這麼說……我們才應該為沒辦法立刻來救妳道歉呢。沒受傷吧？」

如此詢問後，才想到這個世界的ＮＰＣ可能不存在受傷這種概念，不過切特倒是搖了搖她的尖鼻子。

「雖然尾巴稍微被幼蟲咬了，不過沒大礙喔。」

「咦……咦咦……？」

急忙看向切特的尾巴，結果前端十公分左右確實消失了，斷面則有紅色傷害特效流出。但是這種程度的部位缺損，等ＨＰ回復後應該就會復原了。

恢復冷靜的切特從西莉卡身上離開後就環視著莉法等人，然後開口大叫：

「倒是大家快來這裡！」

她一邊招手一邊跑向王座後方。追上去的西莉卡看到高高堆積在後方的東西後，好一陣子說不出話來。

武器與防具、裝飾品、道具類以及金銀銅幣，在受到入口照射進來的自然光後開始閃閃發亮。

女王與其他蜜蜂跟至今為止戰鬥過的怪物不同，ＨＰ歸零後立刻就四散，素材道具便直接掉落。現在回想起來，三天前戰鬥過的超巨大人面蜈蚣「The Life Harvester」也是如此，看來規則是魔王怪物不需要解體作業。

因此才認為擊敗Gilnaris Hornet的報酬只有翅膀、甲殼以及毒針等等素材。

「嗚哇啊，太厲害了……！好多寶物！」

西莉卡在發出歡呼聲的莉法旁邊歪著頭說：

「但是……為什麼蟲型怪物會囤積金錢跟武器呢？」

「那應該是……」

往前走過來的亞魯戈撿起一枚硬幣並且用拇指將其高高彈起。

「像切特這樣被抓到蜂窩的冒險者的……」

「不用再說下去了！」

西莉卡急忙如此插話，亞魯戈則是若無其事般接住掉下來的硬幣。

聽她這麼一說就覺得只有這種可能，如此一來就對偷偷把它們帶走有種排斥感，但留下來的話將來不是被其他玩家撿走，就是被當成放置道具，耐久度最後還是會歸零吧。闖入蜂窩的人只有西莉卡、亞魯戈、莉法，其他伙伴應該都在外面焦急地等待著，沒辦法再拖拖拉拉下去了。

「我們的道具欄能裝得下這所有的東西嗎？」

回頭這麼問完，亞魯戈與莉法就同時咧嘴笑著說：

「勉強能裝得下吧。」「把圓木丟掉的話。」

一看到從樹洞裡出來的切特，帕特魯族的奇諾基與奇魯夫就發出尖銳的歡喜叫聲。在互相擁抱的三個人周圍，不只有克萊因與霍格等人，連巴辛族的戰士們都笑著表示「太好了太好了」。

不過這都是在西莉卡、亞魯戈、莉法把塞在道具欄裡的大量寶物堆積在地面之前發生的事情。

提到MMORPG發生紛爭的原因，大概就是詐欺、背後道人長短以及分配了。西莉卡自從轉移到ALO後幾乎都是跟固定的成員一起冒險，不過SAO時期經常參加流浪小隊，所以因為道具分配而發生爭執的經驗已經不只一次、兩次了。現在回想起來，之所以試圖獨自穿越第三十五層的「迷路森林」而差點死亡，也是因為小隊同伴做出「因為妳已經有那隻蜥蜴幫忙回復，所以應該沒必要給妳回復水晶吧」的發言。

雖然沒有那件事情就不會跟桐人相遇，但每次想起自己那個時候的傲慢態度，就會想發出「嗚哇！」的大叫聲。現在還是不要強出頭，把分配方法交給聯合部隊隊長詩乃吧……心裡這麼想著。

「等回到拉斯納利歐才進行分配吧。」

跟平常一樣冷靜的詩乃這麼說完，在寶山周圍跳舞繞圈子的克萊因也回過神來點了點頭。在這裡開始協議的話，二三十分鐘一轉眼就過去了吧。這次探索行動的目的不是攻略蜂窩而是尋找新的鐵礦石湧出地點，以及找出弗利司柯爾所說的「通往下一個台地的通道」，所以現在仍無法回頭。

先把大量的寶物收納在複數的木箱裡，上蓋後加上封蠟，然後交給筋力型玩家保管。這麼做的話，操作視窗來取出內容物的話，下一次將箱子實體化時封蠟就會損毀，如此就能得知有人動過內容物了。

作業結束之後，西莉卡最後再次環視天然巨蛋。

透過覆蓋頭上枝葉照射下來的午後陽光，在空中畫出金色線條。地面目前仍可看到加魯加摩爾花張開的紅紫色花瓣，但是已經沒有吸取花蜜的蜜蜂。稍早之前進行過激鬥的證據，就只有建築在南側隧道附近的三座掩體，不過耐久力都所剩無多，所以不久後就會消失了吧。而附著在巨樹上的蜂窩應該也一樣。

剛才蜜蜂的振翅聲明明那麼吵，現在卻只能聽見微風輕拂過樹葉的摩擦聲。雖然對於毀掉一個生物的個體群多少有點罪惡感，但Gilnaris Hornet過去也曾經毀滅帕特魯族的城市。

「喂～要走嘍！」

因為莉茲貝特的聲音回過頭去，就看見完成出發準備的伙伴們臉帶笑容看著西莉卡。

「好～！」

元氣十足地這麼回答後，西莉卡就對頭上載著畢娜的米夏打了個信號，然後朝眾人的方向跑去。

明明知道不是做這種事的時候，但我還是默默入迷地看著耶歐萊茵與伊斯達爾的空中戰。

跟我和加百列的戰鬥不同，雙方沒有誇張地到處飛舞。除了腳邊是雲海之外，看起來就跟平常的刀劍互鬥沒有兩樣——但是所有攻擊與防禦都經過心念力的強化。

也就是說，要防禦對手的斬擊時只要有一瞬間想像力的集中晚了一步，劍就會遭到粉碎。攻擊的時候也一樣，不論以多快的速度將劍揮落，沒有帶著想像力的話自己的劍就會因為對手的格擋而折斷。

目前兩個人除了超高速的互砍之外，想像力的操作也是完美地同步。這是必須經過長年的訓練才能辦到的神技。現在的我也無法如此圓滑地切換心念。已經是想將其稱為「心念系統」的體系化技術。

兩個人持續著令人眼花撩亂的劍鬥，接著距離突然拉開。

稍微蓄力之後……

「喝啊啊！」

「咿啊啊！」

耶歐萊茵與伊斯達爾隨著震耳的喊叫，使出宛如照鏡子一般的相同上段斬。

刀刃與劍刃猛烈撞擊，足以晃動整個空間的衝擊波擴散開來。仔細一看之下，兩把武器之間存在一張紙左右的空隙。現在雙方的心意正在那一點互相抗拮，試圖要破壞對方的武器。

壓力達到界限的剎那，兩個人隨著刺穿耳朵的「嘎咿咿！」聲音被大大地彈了回去。

目前雙方是實力相當——但令人不安的是幾分鐘前仍處於昏倒狀態的耶歐萊茵的體力。伊斯達爾剛才說過「你的身體還是一樣虛弱啊」。如果他們從少年時代就認識，那麼就如我所擔心的，耶歐萊茵應該天生就身體不好了吧。

在前往中央聖堂的機車裡面，耶歐萊茵說過「十六歲時在統一大會獲得優勝」。從剛才的對話來看，當時的對手似乎就是伊斯達爾。這就表示眼前的戰鬥實際上是Underworld最強劍士之間所進行的顛峰之戰，一想到這裡就不太願意插手，但這並非比試。在耶歐萊茵耗盡體力之前，我必須看準時機搶身而入將伊斯達爾無力化。

雖然藉由心念防壁的捕獲遭到「侵蝕」穿越，但其他還有許多事情可以做。兩個人武器互抵的瞬間，只要送出一個熱素打亂伊斯達爾的集中，他便無法承受耶歐萊茵的斬擊，軍刀就會遭到破壞了吧。

——下一次接觸時就插手介入。

就在我下定決心的這個瞬間。

好幾件事情同時發生。

首先是「阿普斯」之外的兩架新的機龍連續從地面跑道上起飛。畫出大大的弧形並且上升的機體小型且快速，看來應該是戰鬥機。

接著「阿普斯」也開始從滑行道進入跑道。看來貨物的搬運已經完成了。

而且基地的地下深處還有無數的熱素與風速一起激發。

壓力逐漸增加的素因群，無論怎麼想都不是用來供給能源。應該是耶歐萊茵剛才提醒過的「抹消基地」用的手段……也就是打算把那整座巨大建築物炸掉。然後最恐怖的是，基地裡面還有二十名以上的職員。

從右下方繞過來的戰鬥機應該是要支援伊斯達爾吧。要一面應付它們，妨礙「阿普斯」起飛並且阻止基地爆炸。無論怎麼想，我一個人都無法辦到這所有的事情。

整個拉開距離的耶歐萊茵與伊斯達爾把武器舉到右肩上方。劍身出現黃綠色光輝。這是祕奧義——劍技的前兆動作。

現在這個瞬間，我能做的只有一件事。

在加速到極限的知覺當中拚命地思考著。應該視為最優先事項的是援護耶歐萊茵、迎擊戰鬥機、阻止「阿普斯」起飛還是避免基地爆炸？

突然間像是聽見某個人的聲音。

——接下來就拜託你了……幫我……守護這個世界的……人民……

很久很久以前，對我如此宣告的是Underworld的管理者兼守護者，賢者卡迪娜爾。

我把她的話刻畫在心中，然後跟多米尼史特蕾達與貝庫達戰鬥。但是這個世界的危機仍未遠離。再次登入以來內心某處一直殘留著近似旁觀者的感覺，但過去為了Underworld而戰，把希望寄託在我身上後才離開的人們，其精神永遠都不會消失。為了相信我而送我離開中央聖堂的亞絲娜與愛麗絲，我必須完成所有能辦到的事情。

亞絲娜……愛麗絲……卡迪娜爾。

三個人的臉龐閃過腦袋的瞬間，有一個破天荒的點子帶著啪嘰聲爆出火花。

如果愛麗絲與亞絲娜在現場，就能對應所有的事象。

兩個人當然是在距離達五十萬公里外的主星卡爾迪娜的中央聖堂裡留守。這是即使能以三百馬赫飛行的澤法十三型也得花上一個半小時的距離。

但如果是賢者卡迪娜爾擅長的「門扉」術式——也就是瞬間移動閘門的話，就能無視物理距離。說起來Underworld根本不存在跟現實世界相同意義的距離。

我當然不知道製造出閘門的術式，但過去卡迪娜爾的使魔夏洛特不是曾經說過嗎？所有術式都不過是引導、整理心念的道具。就像只要能有夠強烈的想像就能無詠唱生成素因那樣，應該也能製造出轉移閘門才對。

我把視線從耶歐萊茵的背上移開，仰頭看向正上方。

雖然卡爾迪娜與亞多米娜是以同方向且同週期自轉，但卡爾迪娜的央都聖托利亞與亞多米娜的首都歐利是在完全相反的位置，所以一天以內會反覆接近與遠離。然後現在是聖托利亞與歐利最靠近的時間。

黎明的天空中浮著如同從月亮所見的地球般，有一側是閃耀著藍色光芒的巨大行星。我目前所在的地點，距離首都歐利應該不會太遠才對——

看到了。

人工倒三角形的大陸。紅色大地的左上，被白色山脈包圍的鮮綠色圓形就是人界。其中心有央都聖托利亞，而聖托利亞的中心則聳立著中央聖堂。雖然實在無法用肉眼分辨，但是可以集中精神想像。

我聚集朝陽提供的空間資源生成龐大的晶素，然後將其凝縮在一處形成一扇大型的門。

在宛如水晶般通透的門底下製作直徑七公尺左右的薄薄圓盤。到這裡花費了一秒……接著又用了兩秒，想像著在遙遠行星的亞絲娜與愛麗絲的模樣。

不對，兩個人應該就在那扇透明門的後面。

這個世界不存在距離。

透過水晶門看見的朝霞像是波紋般晃動起來。

該處朦朧地映照出兩名穿著藍色機士團制服的人影——剛這麼想的瞬間，我就用心念將門拉開。

呈淡白色搖晃著的光景獲得了鮮豔的色彩。那不是影像。藉由水晶門，伴星亞多米娜的原野跟主星卡爾迪娜的中央聖堂連接起來了。

「亞絲娜！愛麗絲！」

我同時操作著四種心念，以幾乎快扯破喉嚨的聲量對並肩進行某種作業的兩人這麼大叫。

「抱歉，幫幫忙吧！」

今天如果是相反的立場，我要從驚愕中清醒，把握狀況並且判斷並非陷阱然後鑽過水晶門至少得花上十秒鐘吧。

但是亞絲娜與愛麗絲只花了半秒就脫離僵硬狀態，沒有絲毫懷疑的模樣就往地板踢去。

她們接連穿越大門，在透明圓盤上走了幾步後停下腳步。兩人還是因為周圍的天空全是朝霞，圓盤正下方是白雲的狀況感到驚訝，但還是沒有停止行動。

「桐人，要做什麼？」

「亞絲娜讓下面的基地整個浮到空中！地下的炸彈馬上要爆炸了！」

我邊叫邊用第五個心念力把巨大雲塊整個掃開。露出來的地面可以看到職員們正拚命從基地撤離，但距離大爆炸只剩下不到十秒鐘。

我祈求不要出現犧牲者，同時做出下一個指示。

「愛麗絲幫忙阻止那隻巨大的機龍！但是不能整個毀掉！」

「阿普斯」已經開始滑行了。雖然已經無法阻止它起飛，但愛麗絲應該能想辦法解決。

「還是很喜歡出難題耶……！」

如此抱怨的騎士，拔出吊在藍色機士團制服左腰的劍。

「我試試看！」

點頭的亞絲娜也是做同樣的打扮，但是她沒有拔出珍珠色細劍燦爛之光，而是高舉起拿在右手的大型菜刀。

接著發生的事情全都是同時進行。

愛麗絲把金木樨之劍朝向正面，接著高聲大叫：

「Enhance armament！」

發動整合騎士的祕技──武裝完全支配術，黃金色劍身分離成無數的花瓣。花朵在朝陽照射下閃閃發亮，化成一道奔流往地上突進。

「阿普斯」正要從跑道上起飛。左右的機翼各有三個內藏的引擎噴射出長長的火焰，同時急速提升高度。

從正上方襲擊的花朵們在機龍前一分為二，攻擊的不是機體也不是引擎，而是將裝設在機翼後緣的高升力裝置——襟翼整個轟飛。

Underworld的大氣中雖然不存在氣體分子，但機龍跟現實世界飛機的飛行原理大致上相同。喪失襟翼就會因為升力不足而無法上昇，但是機翼本體還殘留著所以不會倒栽蔥墜落。

「阿普斯」左右晃動機體並且下降，緊急降落在黃花覆蓋的地面後，把真正的花朵像浪花一樣捲起滑行了數百公尺，在傾斜的情況下停了下來。

亞絲娜把右手的菜刀朝向基地，氣勢十足地大叫：

「要開始嘍——————！」

從天空垂直降下七色光芒包裹住巨大的基地。

在讓人聯想到天使重唱的不可思議聲響當中，灰色建築物逐漸從地面隆起。剛好準備逃離的職員以慌張的模樣跳下，之後來不及的職員就退回建築物內。

亞絲娜使用的超級帳號「創世神史提西亞」被賦予無限制的地形操作這種能力。深淵之恐懼戰時召喚了巨大隕石，異界戰爭的時候則創造出長達數公里的裂縫，所以讓一棟建築物浮起來根本是小事一樁。

在七色極光中從地面浮上來的基地，包含地下部分後幾乎是立方體。使用熱素與風素的爆破裝置如果附著在建築的地基就需要把它們清除，幸好裝置是埋在比地基更深的地方。

亞絲娜把建築物完全抽出後，這次改為發出「嘿咻！」的聲音。菜刀往右移動後建築物也跟著橫移，幾秒鐘之後，地面上出現的漆黑洞穴裡就高高地噴出鮮紅爆炸火焰。

在「阿普斯」之前起飛的兩架機龍，即使覆蓋上空的雲塊一瞬間就被掃開依然完全沒有露出動搖的模樣，只是持續急速上升。

我直覺坐在兩架機龍駕駛座的，正是在基地內隨身跟著伊斯達爾的斯基恩與多姆伊。形狀與絲緹卡她們的「基尼斯七型」極為相似的機體，顏色是消除光澤的暗灰色，而且看不見紋章與編號之類的東西。從腹部突出的大型槍砲已經出現熱素的光芒。

由於把阻止「阿普斯」逃走與防止基地爆炸交給亞絲娜與愛麗絲了，我便能用心念力來壓制戰鬥機。但一把抓住在那種速度下飛行的東西應該會導致它四分五裂，也會有密封罐爆炸的危險。可以的話不想有人死亡……就像是看透我這樣的猶豫一般，兩架戰機突然開火。

連射的熱素彈襲擊的不是我或耶歐萊茵，更不是亞絲娜她們所站立的圓盤，而是浮在稍遠處的漆黑大蛇。

「咦……！」

我忍不住叫出聲來，不過還是勉強來得及防禦。將近十發的熱素彈猛烈撞上我所展開的心念防壁，橘色的爆炸火焰隨即在空中擴展開來。

斯基恩與多姆伊應該也知道神獸仍處於昏睡狀態。那為什麼還刻意瞄準牠呢？應該有什麼寧願把牠殺掉也不能讓牠活著逃走的理由吧。不論如何，不能讓他們像這樣繼續攻擊神獸。

——尤吉歐，把劍借給我吧。

在心中對好友這麼呢喃後，我就用左手拔出吊在右腰的藍薔薇之劍。

將藍色透明的劍尖對準機龍並且大叫：

「Enhance armament！」

劍身發出清澈藍色光輝，迸發的光隨即變成冰藤蔓，一邊互相糾纏一邊朝機龍殺到。兩架機龍迅速往左右兩邊迴轉，蔓藤也一分為二追了上去。在接觸前像是網子一樣擴展開來纏住鋼鐵機體。

兩架機龍的引擎全開試圖要從藤蔓中逃走，但噴射持續不到一秒鐘。發出「轟！」的沉重聲音後，不知從哪裡出現的冰塊就包裹住機龍的後部。冰塊越來越大，最後把巨大戰鬥機全部封在內部。失去推進力的兩架戰鬥機隨即一邊旋轉一邊往地面掉落。

藍薔薇之劍的武裝完全支配術，除了會將被冰塊包裹住的對手無力化之外也會加以保護。一般的武器與衝擊絕對無法粉碎那些冰塊。只有具備跟藍薔薇之劍同等優先度的攻擊或者是心

念才能破壞它們。

兩塊冰塊接連墜落到遙遠下方的地面，反彈了好幾次後才開始快速滾動，最後插入高大山丘的斜坡才停下來。冰塊沒有任何裂痕，裡面的機龍也毫髮無傷。斯基恩與多姆伊應該是頭昏眼花了，不過應該沒受到什麼嚴重的傷才對。

「阿普斯」的緊急降落、基地遺跡的大爆炸以及戰鬥機的攻擊與墜落。

在這些同時發生的巨大騷動當中——

耶歐萊茵跟伊斯達爾的集中依然沒有任何紊亂。

各自的劍都保持著劍技「音速衝擊」，持續等待著那一瞬間。

我也有過好幾次經驗，當雙方的實力不分伯仲時，在對峙的情況下很難使出攻擊——因為將會產生沉不住氣而先有所行動的一方落敗的狀況。一旦變成那樣，再來就只能較量彼此的耐心了。

但現在兩個人都用心念力來讓自己浮在空中。用以前的ＡＬＯ來比喻的話，就是持續消費飛行條。不論是什麼樣的心念達人都還是會有極限，從這一點來看，在基地裡面因為使用兩次「空之心念」而失去意識的耶歐萊茵在形勢上比較不利。

所以我才會想要以素因攻擊來介入。

將戰鬥機無力化後急忙轉身時，兩人的對峙依然持續著。因為趕上了而鬆了一口氣的我舉起右手，試圖生成擾亂伊斯達爾集中用熱素的那個剎那。

感覺有人靜靜地按住我的手。

不是亞絲娜也不是愛麗絲。她們兩個人仍在處理「阿普斯」與基地的後續工作。

也不是耶歐萊茵本人。他的集中力全放在伊斯達爾身上，我的身影應該完全沒有進入他的視界。

我突然把視線落到依然握在左手的藍薔薇之劍上。

仍處於發動武裝完全支配術狀態的劍身被彷彿鑽石塵般的白色粒子包裹，正發出閃亮的光芒。

在搖盪的靄氣當中，感覺……好像可以看見某個人。下一個瞬間……

「——耶歐萊茵閣下！」

悲鳴般的呼喚聲響徹整個充滿朝霞的天空。

是絲緹卡。依然開著的水晶門深處，楓紅色的雙眼整個瞪大。

下一刻，劍士們動了起來。

發動維持住的「音速衝擊」的同時就踢向虛空。在天空拖著黃綠色線條往前飛翔，瞬間縮短彼此的距離，軍刀與長劍往下揮落。

猛烈的閃光與衝擊波化成兩道圓環往外擴散，並且震動整個空間。

經由心念強化的劍技像要擊碎對方般互相抗拮。超越極限而凝縮的力量化成極細紫雷不斷迸發而出。

兩股巨大力量的均衡被意想不到的情形破壞。

耶歐萊茵的長劍與伊斯達爾的軍刀同時粉碎。

不是從中折斷，而是整個劍身變成無數微小碎片，閃爍著光芒往四處飛散。獲得解放的能源引起強烈的爆炸，把兩個人往後方吹去。

「耶歐萊茵！」

我急忙往前突進，接住機士團長的身體。以右臂抱住對方後窺探情況，發現胸部與手臂上雖然出現一些細微的割傷，不過都不是嚴重的傷害。看來意識也相當清楚，他輕輕對我點頭後就立刻把視線移向前方。

殘留在空中的發光殘渣立刻變淡，在二十公尺之外的位置浮現出伊斯達爾浮游著的模樣。看來他也沒有受到太大的傷害。不過失去武器，也消耗了相當多的心念才對。雖然還有之前那把手槍，但我不認為威力會比戰鬥機的熱素砲還要大。

相對的我方則是我、亞絲娜與愛麗絲都到齊了。伊斯達爾毫無疑問是個實力堅強的對手，但不要說打倒我們三個人了，他應該連突破我們並且逃走都辦不到吧。

耶歐萊茵離開我的手臂，穩穩踏住空中後站了起來。

「我再說一次。投降吧，科卡。」

聽見他這麼說的伊斯達爾，紅唇露出微笑，接著回答：

「你的身手沒有退步真的很讓人開心喔，耶歐爾。」

臉上的笑容消失，把沾到大衣的長劍碎片掃落後——

「但還是一樣天真。這樣是贏不了我的。」

丟出這句話後，伊斯達爾就以留下殘像般的速度動著右手拔出黑色手槍。

我立刻在中間地點展開心念防壁。伊斯達爾本人雖然能穿越防壁，但子彈總沒有那種力量了吧。先讓他把子彈射光，之後再以物理方式拘捕他……當我想到這裡時。

伊斯達爾的右手筆直朝向天空，將槍口對準正上方後就做出意想不到的發言。

「Enhance armament。」

黑色手槍發出「喀嚓」聲後變形，從縫隙發出深紅光芒。

武裝完全支配術。

也就是說，伊斯達爾的主武器不是碎掉的軍刀而是那把手槍——

在扣下扳機的同時，槍口就迸發出血色光輝，穿越心念防壁後擴張成球狀。

即使被光線吞沒也不覺得燙或者疼痛。但是被冰冷的手撫摸靈魂般的不快感卻襲上心頭。

我反射性回想起在Unital ring世界身中魔女姆塔席娜的窒息魔法時的事情。雖然特效完全不同，但是卻都有近似詛咒的手感。那麼，這個術式的效果究竟是——

這個問題馬上就得到了答案。

首先我所生成的水晶門連同後面的絲緹卡一瞬間就消失了。

亞絲娜與愛麗絲發出悲鳴並且往下掉。我立刻想用心念支撐她們，但這個時候我跟耶歐萊茵也開始墜落。

不論如何用力想像，墜落都沒有停止。想像力在改寫世界前就被抵消了。

心念無效化空間。這就是伊斯達爾的武裝完全支配術的真面目。

但這樣的話伊斯達爾自己應該也沒辦法飛翔。這麼想的我移動視線，就看到在遠處一直線往下掉落的黑影。速度相當快。他將雙手筆直貼緊身體，像特技跳傘般刻意地急速下降。

伊斯達爾的目標是墜落在北側山丘的兩架機龍。應該是記憶解放術的效果吧，這時冰塊已經融化，兩架機龍都打開座艙罩。他打算帶著斯基恩與多姆伊逃離這裡。但是以那種速度撞上地面的話，就算是伊斯達爾也沒辦法毫髮無傷。

這個疑問的答案其實很簡單明瞭。

伊斯達爾在快要撞上地面之前，就用術式而非心念在地上做出幾個風素並且讓其爆發。以爆風取代墊子來抵消速度，然後雙腳漂亮地著地。

在地上滾了一圈後直接跑了起來，這時一名駕駛從其中一架機龍上滾落——應該是多姆伊

——伊斯達爾抓住他的手臂後跑向另一架機龍。接著也幫助斯基恩起身，拖著兩人跑上山丘。途中伊斯達爾一瞬間回過頭來看向正在跌落的耶歐萊茵。但因為距離太遙遠而看不清楚他此時臉上是什麼表情。

三個人的身影越過山丘後消失了。

接下來兩架機龍接連爆炸。應該是斯基恩與多姆伊啟動了自爆操作吧。心念無效化空間的光膜在那座山丘的前方結束了。到那裡去的話，伊斯達爾就能再次使用心念飛行。很遺憾的是，看來是沒有阻止他逃走的辦法了。

目前更嚴重的是，正在墜落當中的我們。亞絲娜與愛麗絲雖然不再發出悲鳴，但兩個人都露出「怎麼辦？」的表情來看著我。沒辦法使用心念的話，就只能繼續跌落，然後以伊斯達爾使用的方法來抵消衝擊了。

當我正要對三個人說出準備製作風素的時候。

黑色長圓筒狀物體就從正下方升起，接住我跟耶歐萊茵。圓筒又直接往亞絲娜她們的方向前進並且讓她們站到上面。

這個直徑一公尺半，長應該有二十公尺的飛行物體……是被關在基地裡面的黑色大蛇。也就是神獸。不知道什麼時候從昏睡中清醒，在心念無效化空間中飛行並且救了我們。

往前進的方向望去，稍微可以看到鼓起的頭部。其前端貼著一隻小黑蛇，正元氣十足地搖著尾巴。

神獸先是下降到靠近地面才又再次浮起。突然回過神來的我往地上看去，發現緊急降落的「阿普斯」機組人員與逃過大爆炸的眾基地職員都以啞然的模樣往上看著這邊。

「……耶歐，那些人該怎麼辦？」

我先是這麼問道，機士團長便輕輕聳肩。

「只能先放著不管了。扣住大型機龍與基地的話，就足以作為陰謀的證據了。」

「這樣啊……」

點完頭後，看向站在三公尺左右後方的亞絲娜與愛麗絲。兩個人似乎都還沒搞清楚狀況。

從覆蓋著光滑鱗片的神獸背上慎重地走過來後，亞絲娜就看著我說道：

「桐人，這條大蛇先生是哪裡來的？」

「好像是從以前就住在伴星亞多米娜的神獸。」

「神獸！」

這麼大叫的是愛麗絲。她藍色的眼睛閃閃發亮，接著跪下來以右手撫摸著鱗片。

「我還是首次見到活生生的神獸。啊啊……當然是前陣子的深淵之恐懼不算的話啦。」

「那大概不是神獸類的吧。」

苦笑了一下之後，我就伸直背桿向兩人低下頭來。

「愛麗絲、亞絲娜，謝謝妳們的幫忙。沒有妳們在的話就不妙了。」

「幫忙當然是沒問題啦，不過桐人，剛才的門是……」

當亞絲娜說到這裡的時候。

腦袋裡就直接響起清澈的女性聲音。

「黑王啊，希望我把你們送到哪裡？」

「什……什麼？」

我忍不住四處張望之後，才了解剛才那是神獸的聲音。

回過神來時基地已經在遙遠的後方，也已經穿越心念無效化空間了。也就是說已經可以用心念飛行，不過牠願意送我們一程的話當然是再好不過了。

「等……等一下！」

對著神獸的頭部這麼大叫後，我就朝著大概的方向散發出心念雷達波。由於立刻就有反應，我就指著左斜前方說：

「往那邊飛吧！」

說完之後，原本以為牠可能不清楚「那邊」的意思，不過神獸立刻就改變方向。

在黃色花田上飛了幾分鐘後，前方可以看到一座小山丘。神獸在我的指示下降下高度，在那座山丘前面輕輕著地。

四人同時從背上跳下來，拉開一些距離後才回頭。

神獸把長二十公尺的身體捲成金字塔狀後，就以三對共六顆眼睛往下看著我們。

「……黑王，要謝謝你把本宮以及本宮的孩子從那個籠舍當中解放出來。」

腦袋裡再次響起聰穎的聲音。本宮的孩子指的應該就是乘坐在神獸頭上的小黑蛇吧。

伊斯達爾他們用藥品硬是讓這隻神獸生下孩子，然後把牠們全部改造成生體導彈。在我潛入之前，無法想像已經有多少隻小孩子犧牲了，也猶豫著是否應該詢問。

「沒有啦……該道謝的是我們吧。跟我們一樣的人類對妳做出那麼過分的事情，妳還願意幫助我們，真是太感謝了。」

我跟亞絲娜、愛麗絲以及耶歐萊茵都深深低下頭來。

「別在意，本宮很清楚人族也有好人與壞人之分。抓住本宮的那些傢伙，總有一天會讓他們嘗到報應。」

「那個時候我願意幫忙。」

抬起頭來這麼說完，神獸似乎就稍微笑了一下……感覺是這樣啦。

又細又尖的蛇尾從巨大金字塔型身體後方伸到我的面前。其前端吊著一個用繩子綁住的皮革袋子。

「收下吧。」

「咦？這……這是……？」

「很久以前，你自己託付給本宮的東西。你說當時光流逝，等你再次出現時就交還給你。」

「…………！」

我不由得屏住呼吸。那就是說，仍是星王時的我給將來還會再次來到Underworld的我留下的東西。

「本來應該在這個行星東奔西跑，克服許多試煉後才能抵達本宮所在之處……但既然像這樣再會，交給你也沒關係了。收下吧。」

由於尾巴隨著這樣的發言伸過來，我便用雙手抓住皮革袋子。

尾巴離開繩子，縮回捲成金字塔型的身體處。解釋神獸所說的話，似乎是星王陛下為我準備了超長篇的連續任務。但原本應該最終章才會邂逅的神獸被伊斯達爾捕獲，然後被我救出來，所有任務就都白費了。雖然也有感到惋惜的心情，不過覺得「太幸運了！」的心情大概強大十倍吧。

「……將來再見了，黑王……白王妃、黃金騎士以及藍色劍士。」

神獸如此宣告完，頭上的幼蛇就元氣十足地發出「咻嗚！」的叫聲。

漆黑大蛇長長的身體畫著螺旋往天空飛去。到達相當遙遠的高度時，就以猛烈的速度往朝陽的方向飛行。

我們沉默了五秒鐘左右，最後愛麗絲才打破沉默。

「……桐人，那是什麼啊？」

「噢，這個大概是……」

我解開袋口的繩子，把手伸進裡面。

拉出來的是由不知是玻璃還是金屬的不可思議材質所打造的，二十公分的四方形箱子。表面上沒有寫任何東西，不過我知道裡面裝了什麼。

「……這就是『封印箱』喔，愛麗絲。關於Deep freeze術式的一切就在這個裡面。」

「咦……！」

愛麗絲用雙手按住嘴巴，這時她藍寶石色的眼睛發出了七彩的光輝。

23

西曆二〇二六年十月三日／星界曆五八二年十二月七日，下午四點二十七分。

我跟亞絲娜、愛麗絲、耶歐萊茵和澤法十三型一起回到卡爾迪娜的中央聖堂。

當然不是硬著頭皮搭乘已經損壞的澤法。我在無法動彈的機龍旁邊再次製造出超大的「門扉」，然後拚命將用心念飄浮的機體塞進門裡。

目前「門扉」所連接的目的地因為亞絲娜與愛麗絲不在了而無法固定座標，不過只要是曾經連結過的地點就能想像得出來。問題是最初製造「門扉」時，她們不是待在第九十五層的「曉星望樓」，而是處身於第九十四層的廚房。

當然第二次的門就會連結到「廚房」，所以就必須經過先讓愛麗絲與亞絲娜穿過門，然後移動到九十五層，而留在亞多米娜的我再次以兩人的座標製作「門扉」這樣的工程。以遊戲風的說法，就是不小心在同一棟建築物的一樓與二樓設定了快速旅行的出口，不過應該有好一陣子都不會再遇見這樣的問題才對。

再次跟澤法一起通過「門扉」，回到第九十五層的我與耶歐萊茵，當然受到絲緹卡與羅蘭涅的一連串逼問。

因為她們來端料理時剛好窺看了「門扉」裡面，目擊耶歐萊茵與伊斯達爾決戰的絲緹卡似乎就一直坐立難安地等待著我們回歸，所以也很想把事情說個清楚，但回答所有問題的話寶貴的時間一下子就要結束了。

因此把說明的工作推給機士團長閣下，我跟愛麗絲、亞絲娜為了趕往第八十層的「雲上庭園」而全力衝向大階梯。

緊緊抱著「封印箱」的愛麗絲，不等待大門完全打開就進入庭園，以飛行般的速度爬上綠色山丘。

山丘頂端，有一名少女術師與兩名女性騎士像被金木樨樹抱住一樣，處於無法醒來的沉睡狀態。她們中了最高司祭亞多米尼史特蕾達在遙遠過去編造出來的禁術，Deep freeze——

愛麗絲在心愛的妹妹賽魯卡面前跪下，然後靜靜地將藍灰色小箱子放到草地上。我跟亞絲娜、耶歐萊茵、絲緹卡與羅蘭涅，還有肩膀上坐著老鼠納茲的艾莉在後面屏住呼吸注視著她們。

愛麗絲把手指放到箱子側面並且拿起來。將緊蓋到幾乎看不見接縫的蓋子打開，露出了內容物。

發出深藍光芒的天鵝絨內裡有幾處凹陷。收納在那裡的是一根小捲軸與三個水晶瓶。我對像是感到疑惑般轉過頭來的愛麗絲說：

「我想那根捲軸裡應該寫著Deep freeze的所有術式，小瓶子裡則是裝有轉換了解除術式的藥。」

「藥……？那麼，不必詠唱漫長的術式，只要撒下這個小瓶子裡的藥就能解除石化嘍？」

我默默點頭。

愛麗絲再次轉向箱子，然後從凹陷處取出最右邊的瓶子。

凝視了一陣子像寶石一樣多面切割的瓶子後，就維持膝蓋直立的姿勢慢慢靠近賽魯卡。把左手貼在自己胸口，數次深呼吸之後才用那隻手拔開瓶栓。

——星王，這樣還無法解開石化的話我一定會揍扁你喔。

我對過去的自己如此祈禱，同時等待著那個瞬間。

愛麗絲伸出右手。

緩慢地旋轉微微顫抖的手，在賽魯卡頭上傾斜小瓶子。

從細長瓶口流出的液體像是自己會發光般閃爍著藍色光輝，滴到賽魯卡的瀏海後順著滑到臉頰，然後往下流到脖子。

一秒……兩秒……三秒。

甚至感覺像永遠那麼長的五秒鐘過去的那個時候。

石化的賽魯卡全身被藍色燐光輕輕包圍。

腳尖與指尖、祭衣的衣襬慢慢恢復成本來的色澤與質感。聳立在後面的金木樨樹也像是知道發生什麼事一樣，枝葉開始發出沙沙聲。

賽魯卡披著的純白面紗在微風吹拂下輕輕搖晃了起來。

一撮光豔的茶色頭髮輕柔地落下。

睫毛開始震動——緩緩地抬起——

帶著無盡光芒的藍色眼睛眨了一兩下後開始聚焦。

「……………姊姊……？」

當粉色嘴唇發出細微但確定的聲音的那個瞬間。

「賽魯卡！」

愛麗絲就以哭泣的聲音呼喚妹妹的名字，像撲倒般緊抱住對方。

她把臉壓在白色祭衣的肩口，雙臂確實地繞過對方的背後，不停地呼喚妹妹的名字。賽魯卡的臉頰上也流下淚水，反覆說著「姊姊，愛麗絲姊姊！」。

我以右手擦拭了一下自己的眼角，靠近放在愛麗絲背後的箱子。彎下身子取出剩下來的兩個小瓶子，把其中一瓶交給亞絲娜。

「亞絲娜，幫忙解除緹潔的石化吧。」

「嗯！」

亞絲娜眨了幾次眼睛把淚滴掃落，然後笑著點點頭。

我走向站在賽魯卡右側的羅妮耶，接著拔開小瓶子的栓子。

比擔任我隨侍練士時成長了十歲左右的模樣。身高也稍微長高了一些，但是容貌幾乎沒有什麼改變。

——我回來了。

在心中如此對她呢喃，然後將小瓶子裡的液體倒出。出現跟剛才完全相同的現象，石化從長長斗篷的衣襬漸漸往上解除。

脖子、臉頰，接著是眼角恢復生氣。瀏海輕輕搖曳，眼瞼震動了幾次……然後打開。

清澈湖泊色的眼珠筆直地看著我。

我瞬間回想起艾莉說過的話。羅妮耶與緹潔是在二十五六歲時施加了天命凍結術，之後過了五十年左右才在這個地點接受石化凍結。也就是說兩人的精神年齡已經超過七十歲，現在的我跟她們兩個人比起來跟個小屁孩沒兩樣……

但我這樣的擔心完全落空了。

「……桐人學長！」

以跟修劍學院時代完全相同的聲音與表情這麼大叫完，羅妮耶就以極快的速度飛撲到我身

上。我急忙抱住她並且拍拍她的背部。

「好久不見了，羅妮耶。能夠再次見到妳真是太好了。」

好不容易這麼跟她搭話後，羅妮耶就以強大到令人害怕的力道抱緊我，同時反覆說著「是啊、是啊……！」。

整整有五秒鐘左右維持著這個狀態，最後思考似乎終於追上狀況，於是她小聲叫道：

「對了……緹潔跟賽魯卡呢？」

「別擔心，她們兩個人的石化也解除了。」

我邊這麼說邊離開羅妮耶的身體並且回過頭去。

這時映入我眼簾的是卻是完全出乎意料的光景。

藉由亞絲娜之手解除石化的緹潔，從原本的位置往前走了幾步，紅葉色眼睛瞪大到極限來凝視著某個人物。

她就這麼看著以白色面具覆蓋住眼睛的整合機士團長耶歐萊茵・哈連茲的臉龐——

（待續）

後記

謝謝大家閱讀這本《刀劍神域26 Unital ring V》。

從二〇一八年末開始刊行的Unital ring篇到本集為止也已經是第五集了，關於兩個世界的故事終於要漸入佳境……事情應該是這樣才對，不過必須寫和單純想寫的內容不斷地出現，身為記錄者的我在取捨選擇上真的很辛苦。嗯，不過說起來這也算是常態了啦！

（以下會提及關於本書的內容。）

不過本集終於成功到達UR篇開始時的大目標，也就是羅妮耶、緹潔以及賽魯卡的復活場景，我本人真是覺得感慨萬千。每當在本文內描寫從UW篇之後的Moon cradle篇後又過了兩百年歲月的情節，我就會出現「真的能再遇見她們三個人嗎……」的不安心情，不過終於在本集移動到伴星亞多米娜，達成取回解除Deep freeze術式的任務，其實不只是桐人，連我都打從心底鬆了一口氣。

當然事情不是就此一切順利，尤其是剛覺醒就跟耶歐萊茵團長面對面的緹潔究竟會怎麼樣呢？劇情到了這裡就變成了「待續」，不過我想下一集開始終於要迫近團長之謎了，關於這個部分的發展也請大家引頸期待！

另一方面Unital ring世界的攻略也順利進行著，本集終於提示了整個世界的整體概況。在桐人與亞絲娜不在的情況下，西莉卡與詩乃等人面對超強大練功區魔王的奮鬥模樣，如果能讓大家感受到她們的成長，我會感到相當高興。

那麼，本書發售的二〇二一年十月時，劇場版「Sword Art Online刀劍神域 Progressive 無星夜的詠嘆調」終於上映了。

是以「亞絲娜的視點來描寫作為一切起始的浮遊城艾恩葛朗特」這種具挑戰性的企畫，身為作者，同時也是桐人與亞絲娜粉絲的我也很期待能再次在大畫面欣賞他們的影像。大家如果也能到戲院去捧場就太好了！

本集在交稿後的作業中出現了許多問題，真的給負責插畫的abec老師、三木與安達責編添了許多麻煩。我會努力讓下一集能夠更順利地進行！也很感謝每一位閱讀到這裡的讀者！

二〇二一年九月某日　川原 礫

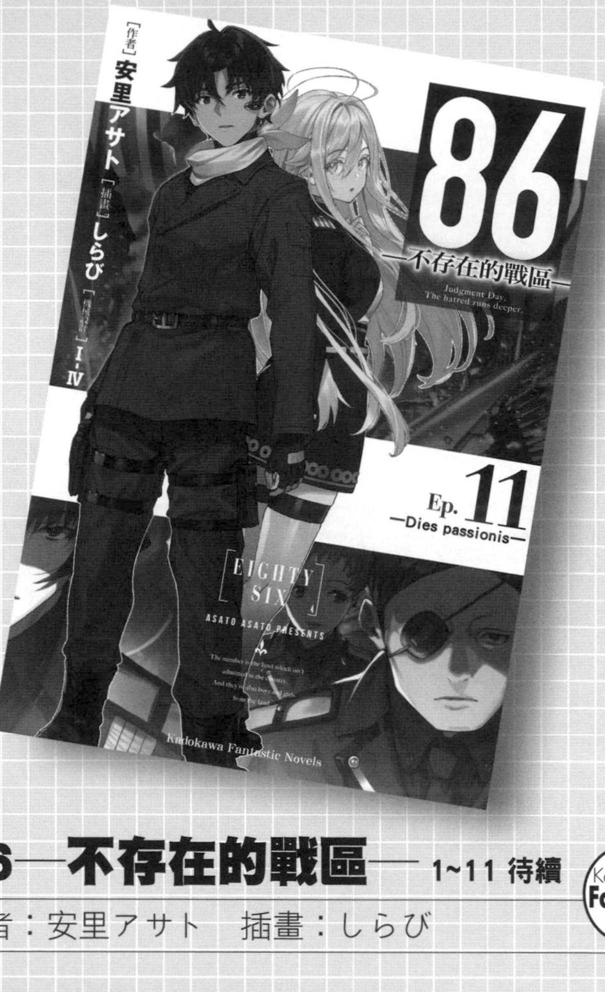

86—不存在的戰區— 1~11 待續

Kadokawa Fantastic Novels

作者：安里アサト　插畫：しらび

「鋼鐵軍靴將踏平染血的瑪格諾利亞，
令受難之火焚燒他們。」

在步向毀滅的共和國，只有令人絕望的撤退作戰等著辛與蕾娜等人。轉戰各國，找到歸宿的八六們試著在黑暗中步步前進，成群亡靈卻阻擋了他們的去路。空洞無神的銀色雙眸，以及那些人本性難移、依然故我的模樣。憎惡與嗟怨的淒厲慘叫在Ep.11迴盪。

各 **NT$220~260/HK$73~87**

Sword Art Online

刀劍神域Progressive 1~8 待續

Kadokawa Fantastic Novels

作者：川原 礫　插畫：abec

穿越十幾二十重的陷阱，
桐人等人能夠掌握勝利嗎？

桐人試圖要曝光執掌「怪物鬥技場」的柯爾羅伊家的弊端，但是該處早已設下多重的陷阱。奪回「祕鑰」、討伐樓層魔王，以及阻止惡辣的陰謀——面對種種難題，剩餘時間只有短短兩天。這個高難度任務攻略的結果，將完全交給賭上全部財產的鬥技場大賽。

各 NT$220~320/HK$68~98

魔王學院的不適任者~史上最強的魔王始祖，轉生就讀子孫們的學校~ 1~9 待續

Kadokawa Fantastic Novels

作者：秋　插畫：しずまよしのり

魔王學院第九章〈魔王城的深奧〉篇！
創造神與破壞神的祕密，現在即將揭曉！

阿諾斯擊敗最惡劣的敵人格雷哈姆，為亡父報仇雪恨了。在透過「創星艾里亞魯」取回大部分記憶時，受託保管最後一顆創星的莎夏發生了異變。阿諾斯等人依循她回想起來的片斷記憶，探索起魔王城。隨後，他們在城內各處發現破壞神遺留下來的痕跡——

各 **NT$250~320/HK$83~107**

國家圖書館出版品預行編目資料

Sword Art Online刀劍神域. 26, Unital ring. V/川原礫作 ; 周庭旭譯. -- 初版. -- 臺北市 : 臺灣角川股份有限公司, 2023.01
面 ;　公分
譯自 : ソードアート・オンライン. 26, ユナイタル・リング V
ISBN 978-626-352-160-5(平裝)

861.57　　111018405

Kadokawa
Fantastic
Novels

Sword Art Online刀劍神域 26

Unital ring V

（原著名：ソードアート・オンライン 26 ユナイタル・リング V）

2023年1月27日　初版第1刷發行
2024年7月16日　初版第2刷發行

作　　者：川原　礫
插　　畫：abec
日版設計：BEE-PEE
譯　　者：周庭旭

發 行 人：台灣角川股份有限公司
總　　監：呂慧君
總 編 輯：蔡佩芬、朱哲成
主　　編：林秀儒
設計指導：陳晞叡
美術設計：李思穎
印　　務：李明修（主任）、張加恩（主任）、張凱棋、潘尚琪

發 行 所：台灣角川股份有限公司
地　　址：104台北市中山區松江路223號3樓
電　　話：（02）2515-3000
傳　　真：（02）2515-0033
網　　址：www.kadokawa.com.tw
劃撥帳戶：台灣角川股份有限公司
劃撥帳號：19487412
法律顧問：有澤法律事務所
製　　版：尚騰印刷事業有限公司
ＩＳＢＮ：978-626-352-160-5